ハヤカワ文庫 SF
〈SF2416〉

宇宙英雄ローダン・シリーズ〈694〉

タルカンへの急使

エルンスト・ヴルチェク＆クルト・マール
星谷 馨訳

早川書房
8971

PERRY RHODAN
SIGNALE DER VOLLENDUNG
KURIER NACH TARKAN
by
Ernst Vlcek
Kurt Mahr

Translated by
Kaori Hoshiya
First published 2023 in Japan by
HAYAKAWA PUBLISHING, INC.
This book is published in Japan by
arrangement with
PABEL-MOEWIG VERLAG KG
through JAPAN UNI AGENCY, INC., TOKYO.

目次

完結のシグナル……………………七
タルカンへの急使………………一四一
あとがきにかえて………………二六五

タルカンへの急使

登場人物

レジナルド・ブル（ブリー）…………《シマロン》最高指揮官
イアン・ロングウィン…………………同船長兼首席操縦士
ラランド・ミシュコム（ララ）………同副操縦士
ヴェエ・ユィイ・リィ…………………同首席技師。ブルー族
ベネカー・ヴリング……………………同ロボット整備スペシャリスト
グッキー…………………………………ネズミ＝ビーバー
エイレーネ………………………………ローダンの娘
ニッキ・フリッケル……………………《ソロン》船長
オーグ・アト・タルカン………………カルタン人。老賢人
ダオ・リン＝ヘイ………………………同。最後の全知女性

完結のシグナル

エルンスト・ヴルチェク

プロローグ

その光景は理解の範囲を超えていた……とても現実の出来ごととは思えない。いま眼前でくりひろげられている現象は、ただの幻か？　空想の産物なのか？　いや、それは絶対にちがう！　とはいえ、こうした視覚効果をつくりだすのが不可能という意味ではない。その手段はいくらでもある。ただ、《シマロン》の技術機器類に介入して細工したりするのは無理だ。ここにうつしだされた映像は明らかに、不可能なはずの現実であった。

あらゆる超常現象に対して敏感なグッキーの言葉が、それを裏づける。

「これ、トリックじゃないよ」自分でそういいながらも、信じられないらしい。「ここにうつってることは、いま実際に起きてる」

しずまりかえった司令室にネズミ＝ビーバーの声がはっきりと響きわたった。それでみな呪縛が解け、内心の緊張をほぐしたくなったのか、だれもがいっせいに話しだす。

声が錯綜するなか、無口なことで知られる《シマロン》船長で首席操縦士のイアン・ロングウィンでさえ放心したように、

「ありえない……」と、ひとこと。それ以上のコメントは期待してもむだだろう。

レジナルド・ブルもロングウィンと視線を合わせてうなずく。

「このセンセーショナルな見ものはなにを意味するんだ？」ヴェエ・ユィイ・リィが質問を発し、だれか答えてくれというように周囲を見まわした。首席技師で年齢不詳のブルー族が口をきいたのは、惑星ワリキからブルがもどって以来はじめてだ。いつもは非常におしゃべりなのだが、説明不能な現象にしばし言葉を失っていたから。しかし、いったん話しだすととまらない。「だれがこんなことをしたんだろう？　いったいどんな力が働いて？　まさに山を動かすほどの力だ……この場合は山じゃなく、氷山だが。わたしもいままでいろんな経験をしてきたが、こんなものは見たことがない。信じられん。とんでもない現象だ。わが理性が拒否している……」

そこへ、ララことラランド・ミシュコムが割りこんだ。

「つまり、ノミがゾウを運んでるのよ。しかも、数えきれないほどのノミが〝それぞれ自分の〟ゾウを運んでいる」

ララお得意のあやしげなアフリカの格言に聞こえるが、彼女が自分で勝手に考えだし

たフレーズとわかるようなふだんの口調とはちがう。ほかの者もそれに気づいたのだろう、だれもなにもいわない。いつもならふざけて〝それじゃノミも肩が冷えて大変だな〟といったコメントを返すのに。

そんな冗談をいいかけたレジナルド・ブルも、大柄でがっしりした女副操縦士の目を見て黙りこんだ。豊かな黒髪をきちんとオールバックにととのえたララは、黒い瞳も南方系の肌の色も魅力的で、美人といっていいだろう。だがその長所も、十五キログラムほど体重オーバーなのと、身なりにかまわないせいでだいなしだった。

しかし、それはどうでもいい。ブルが引っかかったのは、ララの持ちだしたノミとゾウのたとえ話だ。あとから考えれば、これには特別の意味があったのだとわかる。偶然に的を射ていただけとはいえ……最初は偶然に見えたものの多くが、のちのち重要な意味を帯びてくるのは、よくあること。

おかしな考えが浮かんでは、それがまた奇妙な連想を生み、ブルの頭を駆けめぐった。この信じがたい現象によって、これまで起きたすべての出来ごとに突如、あらたな光が当たった気がする。

多くのことがいきなり符合し、ひとつの要素がべつの要素と嚙み合い、全体として機能しはじめる。些《さ》細《さい》なものが重大に、無意味なものが重要になる。偶然に見えたことのなかに確信の芽がひそんでいる。おろかで無知蒙昧《もうまい》な輩《やから》が事情通の権力者になる。逆もまたしかり。レジナルド・ブルのよう強い力を持つ者がおのれの無力さを認めたなら、自然の掟《おきて》すら混乱のきわみとなり……ノミがゾウを運ぶことだってありうるだろう。

質問の答えはおのずと出た。ブルはすべてを知った。しかし、理解はできていない。問いと答えが堂々めぐりするばかりだ。

事実はすべて出そろい、問いはすべてわかっている。いずれの問いにも答えはひとつだが、答えかもしれない選択肢は何千とある。実際そのひとつすら、ブルにはわからない。頭のなかの堂々めぐりがあまりに速いスピードでくりひろげられるので。

救いをもとめるように、ベネカー・ヴリングの姿を探す。だが、司令室内をうろつく痩《や》せぎすのロボット整備スペシャリストの向こうでは、相《あ》いかわらず動く氷山のようすが見える。ワリキの北極地帯から中継されてくる映像は刻々と変わっている。ブルはその光景に集中しようとつとめた。見る者の心をどんなにかき乱すとしても、この平和的な映像が筋道立てて考える助けになるはずだと信じたから。だが、そのためには工夫が必要だ。プロジェクションを通りこしてじかに見ないと、映像の裏にあるものを探りだすことはできない。

いまはまるで、煮えたぎる霧のなかに精神がもぐっている感じだった。事実という海のなか、問いと答えが欠片《かけら》となって輪舞を踊り、水夫レジナルド・ブルを海中に引きずりこもうとする……ここから出なくては……

「外に出る。近くで見たいから」

その意図を理解した者はおそらく、ベネカー・ヴリングだけだろう。ブルはセランを着用し、人員用エアロックから船外に出た。《シマロン》の船殻に立つと、船内では得られなかった静寂と内なるバランスがもどってくる。

かれは自嘲した。わたしは救いようのないロマンティストだ。あの現象に実際に近づくことなどできやしない。そんな感覚をおぼえただけじゃないか。

それでも、その感覚がブレーキ役をはたしたのか、思考の堂々めぐりもしだいにおちついてくる。

頭のなかで燃えていた炎は消え、事実の海は凪《な》ぎ、煮えたぎる霧も晴れた。ゆっくりと考えを出発点にもどし、起きたことすべてを追体験してみる。

それは、ある不快な出来ごとからはじまった……

いや、そうじゃない。事実に即して考えるには、もっとさかのぼる必要がある。

実際のはじまりは、時空断層とハウリ人の基地〝ウル・アム・タロク〟から幸運にも逃れた場面だ。《シマロン》が《ソロン》およびカルタン船《マイ＝キ》とともに構造亀裂を抜けて通常宇宙に帰還したとき、船内は歓喜につつまれたもの。無理もない。絶望的状況を乗りこえ、ヘクサメロンの門徒による罠を脱することができたのだから。

そこから《バジス》が待機しているXドア宙域へ行くため、可及的すみやかにハンガイ銀河の第二クォーターを去るつもりだった。ハウリ人の基地に関して知った内容を一刻も早く分析評価し、結論を引きだしたい。ゆえにブルは、ストレンジネス障壁に沿った最短ルートを用いてXドアに急行するよう命令を出した。
ただ、それには《マイ＝キ》の存在が大きな障害となる。低速のリニア・エンジンで動くため、メタグラヴ・エンジン搭載の《シマロン》と《ソロン》にくらべて三分の一しか速度が出ないのだ。部隊は《マイ＝キ》のペースに合わせるしかない。さえぎるもののない宙域に、ダオ・リン＝ヘイやオーグ・アト・タルカンやほかの乗員たちを置き去りにはできないから。むろん、超光速でハイパー空間およびリニア空間を進むあいだ、たがいに連絡をとるのは不可能になる。そこで途中に三回、中間静止のインターヴァルをはさむことにした。

　とりきめた中間静止ポイントの状況を調べるのは先行する《シマロン》で、ニッキ・フリッケルひきいる《ソロン》がしんがりだ。こうしてかれらは会合ポイントまでの距離を、超光速ファクターで二千万という〝のろのろ速度〟で進んでいった。

　最初の会合ポイント二カ所の座標はいずれもブルが決定したもので、まだストレンジネス障壁内にあった。全部隊はなにごともなく、ふたつめの会合ポイントに到達。ところがそこで、ダオ・リン＝ヘイからレジナルド・ブルに通信が入った。ハンガイ銀河における最終会合ポイントの座標を指定してきたのである。

なぜ、わざわざそこにするのかとブルが訊いたところ、最後の全知女性は答えた……オーグ・アト・タルカンの指示だと。

ブルはそれ以上、追求しなかった。会合ポイントがどこであろうと、たいしたちがいはないと思って。換言すると、どこも同じく危険なのだ……あらゆるところでハウリ人と出くわす恐れがあるのだから。

1

「カルタン人なんぞがくっついてなきゃ、とうに《バジス》に着いてたのになあ」わたしはぶつぶついった。「そもそも、なんで《マイ＝キ》を同行させてしまったのか」

不当な言い分だとは自分でもわかっていたが、方位確認目的のインターヴァルのせいでずいぶん時間をむだにしているのだ。きょうはNGZ四二七年十二月二十一日。時空断層内にあるハウリ人のかくれ場を去ってから二十時間が経過している。このあいだに敵はとっくに大規模警報を出しただろう。運が悪ければ、とんでもない偶然によって、ストレンジネス障壁を去る前に見つかってしまうかもしれない。

それだけは避けたいと思い、わたしは警報段階一を発令した。探知センターにも火器管制スタンドにも担当要員がぎっしり詰めている。ほかの者たちも、どんな些細な異状も見逃すまいと必死だ。ほんのわずかでもハウリ船の影があらわれたら、即座にここから撤退するつもりだった。三光年はなれたところに二惑星を持つ星系がある。それを対探知の楯にして敵をおびきよせれば、われわれの到着から一時間後にあらわれるはずの《ソロン》と《マイ＝キ》から気をそらすことができるだろう。

着いて最初の半時間、敵の動きは皆無《かいむ》だった。通信センターも、ハウリ人の遠距離通信の断片すらキャッチしない。だから心配する必要もないのだが、わたしの不安はおさまらなかった。

予感があったからだと、あとになっていうのはかんたんだ。しかし実際はそうじゃない。わたしは理由もなくいらだっていた。そのせいで周囲もナーバスになっただろう。司令室のあわただしい雰囲気のなか、おちついているのはグッキーと首席操縦士のイアン・ロングウィンだけだった。ベネカー・ヴリングまでわたしの気分に感染したのか、姿を見せたものの、すぐに口実をつくって逃げるようにいなくなる。

こちらがかれという人物について《バジス》経由でネーサンに問い合わせたと知ったのか？　だとしたら、わたしを避けたくなるのも無理はない。

ベネカー・ヴリングのことも気になるところだが、もっと重要なことがある。ペリー・ローダンと、タルカン遠征隊をひきいるアトランは、まだタルカン宇宙にいるのか？　それとも十一月三十日、ハンガイの三つめの四分の一とともに通常宇宙に帰還したのか？　この質問をわたしは《バジス》に投げかけた。

答えが得られなかったため、つづけざまに通信を送り、次のことを要求した。われわれが帰還したらすぐ《シマロン》にベクトリング可能グリゴロフ・プロジェクターを搭載できるよう、準備をととのえておくようにと。

せんだってのハウリ人の策動をペリーとアトランに伝えるのがきわめて重要だと、わたしは考えていた。その報告をとどけるため、大胆にも異宇宙に向かう気になったのだ。だからこそ、一刻も早く《バジス》にもどりたい。なのに《マイ＝キ》がのろいせいで遅れている。それでわたしは機嫌をそこね、不当な文句をいっているわけだ。

しかし、グッキーはそうじゃなかった。

「あんたのいらいらは、あと数時間もすればおさまるよ。経験豊富な大宇宙の救世主がいうんだから、まちがいないって」

ネズミ＝ビーバーの言葉にも、わたしはにこりともせず、カルタン人とその宇宙船をののしった。

それでも《マイ＝キ》はカルタン人の誇りである。直径わずか二百四十メートルの円盤船が搭載するリニア・エンジン二基は、いずれも七十万光年の航続距離を持つ。それらが燃えつきた場合でも、かれらの開発した再生システムにより、二基のエンジンからまったく同じ性能の完全無傷な一基をつくりだすことができるのだ。

「カルタン人ってのはたいした種族だね」グッキーがわたしの思考を読んだかのごとく

いった。実際、そうしたのだろう。「考えてもみなよ。かれらがものすごくがんばって三角座からろ座までの二百万光年を克服したのは、そんなに昔のことじゃない。なのにそっからすぐ、四千万光年を翔破できる遠距離船をひそかに建造して、エスタルトゥの支配宙域に飛んだんだよ。驚いちゃうな。とくに何人かはすばらしい能力を持ってる。ダオ・リン＝ヘイを例にとっても、全知者に見こまれて庇護者からラオ＝シン・プロジェクトの責任者に昇進し、エスタルトゥに派遣された。いまや現存する最後の全知女性として、全面的に種族の運命をになってるんだぜ。その責任を肩がわりする気は、オーグ・アト・タルカンにはなさそうだね。もう長く生きすぎたと思ってんじゃないかな。なんたって五万五千年前から生きてるんだからさ。それにくらべたら、二千歳のあんたなんて若造みたいなもんだ……」

「来年で二千九十七歳になるぞ」そう訂正してやると、ようやくイルトの目にいつものひょうきんな表情が見えた。わたしは怒る気になれず、ほほえんだ。「オーケイ、ちび、負けたよ。もうカルタン人を悪くいうのはやめる。きみはあのネコ族が大好きなんだな。もしかしてイルトの祖先はネコなんじゃないか？　だれも知らないだけで……」

おかげで緊張がほぐれたが、それでも十分後に《マイ＝キ》がリニア空間から復帰し、一天文単位はなれた宙域にあらわれたとシントロンから報告がきたとき、わたしはおおいによろこんだ。同時に探知センターも《ソロン》の出現を報告。そのとき、通信センターが知らせてきた。

「《マイ=キ》から呼びかけがありました。全知女性ダオ・リン=ヘイから、レジナルド・ブルへ」

通信接続が確立するあいだ、グッキーがこちらを問うように見た。わたしは大きな笑みを返し、

「やあ、ダオ・リン。火事はどこだい？」と、全知女性の映像に話しかけた。

〝いったいなにごとか？〟という意味の慣用表現だが、カルタン人には通じなかったらしい。ちいさな鼻にしわをよせている。だがこちらの言葉にはコメントせず、

「オーグ・アト・タルカンが話をしたいそうだ、レジナルド・ブル」と、いった。

「わざわざかしこまらなくても、話ならいつだってできる」わたしは少々いらだち、

「このままかれにつないでくれ」

「申しわけない。こちらのいいかたが悪かった」と、ダオ・リン。「オーグ・アト・タルカンは、あなたと個人的に話したいといっている。《マイ=キ》まできてもらえないだろうか」

「Xドアに着くまで待てないのか？」わたしはいいかえした。「できるだけ早くここからおさらばしたいのだ。ハウリ人のことだけ考えても……」

「遺憾ながら、オーグ・アト・タルカンはきわめて重要な話をしようとしている」カル

タン人は頑固だ。「それも、いますぐに」

　そんなの無理だとはねつけたかったが、グッキーのとがめるようなしぐさを見て、わたしはあきらめた。

「わかった。どうしても待てないのなら、そちらに行ってオーグを訪ねよう」

「心から感謝する、レジナルド・ブル」ダオ・リン＝ヘイは接続を切った。

「なにもったいぶってんのさ。五万五千歳の相手のたのみを断ろうなんて、どういうつもり?」グッキーが文句をいう。

「不要な危険をおかしてまで伝えたい重要な話があるとは思えんからな」と、わたし。

「だからなんだっての?」グッキーは大仰《おおぎょう》な身振りでまくしたてた。「ハウリ船の千隻や二千隻、あんたたちのおしゃべりが終わるまで封じこめといてやるよ」それから、断固とした口調でつけくわえる。「ぼくもついてくかんね。あんたがカルタン人のじいちゃんを質問攻めにしないように」

　わたしはイアンを呼び、すこしでも危険な徴候が見えたら、わたしが乗船していようといまいと《シマロン》をすぐXドアに向けて飛ばせと命じた。イアンは無表情のまま命令を復唱したが、その顔はおもしろがっているようにも見える。かれみたいにいつも冷静な男は、腹のなかでなにを考えているかわからないのが困る点だ。

　そばで聞いていたラランド・ミシュコムが口を開いた。また例の知恵をくりだすつもりか。

「よけいなことをいうな」わたしは威嚇《いかく》的にひとさし指をあげ、不機嫌にそばを通りすぎた。だが、数歩行ったところで後悔する。彼女に八つ当たりしてもしかたない。そう思い、とりなすように訊いた。「あれはなんという格言だったっけ、ララ？　ハエとカエルが出てくるやつだ」

「いえ、ノミとゾウです」彼女はどぎまぎしながら答えた。

＊

テレポーターが近くにいれば、ふつうはその力を使って移動するだろう。

当然わたしもそう考え、グッキーの手をとろうとした。ところがネズミ＝ビーバーは申しわけなさそうに、

「やめたほうがいい、ブリー。今回の招待はものすごくオフィシャルなものだって気がするんだ。ぼくらも礼儀作法は守んなくちゃ」

「なんの話かわからんな、オフィシャルだとか礼儀作法だとか」わたしはグッキーの偉そうな口調にむっとして、「ちょっとオーグじいさんのところへ行くだけだろう……こっちは急いでるんだぞ」

「だからってマナーを忘れちゃだめだよ」グッキーがいいかえす。「とにかく、テレポ

ーテーションはまずいと思う。セランを使おうぜ。それだって急いで行けるさ」

まずは説明がほしいものだ。でないと、驚きで開いた口がふさがらない。だが、結局わたしは折れた。

「わかったよ」それから冗談めかしてつけくわえる。「面《つら》の皮の厚いイルトにそれほどの感情移入能力があるとは思えんがね」

われわれはセラン防護服を着こみ、《シマロン》の人員用エアロックから船外に出た。《マイ＝キ》は二キロメートル先にいる。べつの方向には、やはり同じ距離だけはなれてニッキ・フリッケルの球型船《ソロン》が浮遊していた。

グッキーはなぜ、カルタン人のもとへテレポーテーションするのを無作法だと考えたのか。わたしにいわせれば過剰反応だと思うが。

カルタン人たちにとり、パラ露のない時代がはじまったのはたしかだ。プシコゴンは消滅し、ほぼすべてのエスパーが超能力を奪われた。ただ、パラ露によって発達させた能力を保持している者もわずかだがいる。パラ露だのみだったカルタン人にとり、これはいいことではない。社会内部構造の危機につながるからだ。早くあらたな秩序を構築しないと、カルタン人文明は崩壊し、滅亡の道をたどるだろう。

プシ定数が低下したいま……その結果、エスパーに超能力を付与していた〝ヌジャラの涙〟も力を失ったわけだが……カルタン人にとって新秩序の構築は容易ではない。しかし何度でもいうが、べつのプシオン素質を持つ者たちが能力を使うようになれば、状況は持ちなおすはずだ。よりによってグッキーがこんなことにとりわけ過敏に反応するとは、驚きだった。

われわれは通信経由で《マイ＝キ》の上方中心へと案内してもらい、中央ドームの一エアロックから船内に入った。エアロック室の奥でダオ・リン＝ヘイと四名の護衛が出迎える。

「ありがとう！」全知女性はそういい、グッキーを見た。なんに対する感謝の言葉かはいうまでもない。つまり、ネズミ＝ビーバーの過剰反応ではなかったのだ。

われわれはダオ・リン＝ヘイについていき、中央デッキの階層まで反重力リフトでおりた。わたしのような体格のテラナーには不向きな細い通廊を使い、六メートル四方の一キャビンに着く。技術機器類があるのを見ると、制御室の類《たぐ》いだろう。天井下の壁四面にわたってスクリーンがひろがり、下方にはあらゆる種類の制御装置が置かれている。その前に、とてもちいさな成型シートが四つあった。わたしなら片方の尻を押しこむくらいが精いっぱいだろう。そのひとつに、だれかがすわっていた。なんと、ニッキ・フリッケルである。

われわれを見ても顔色ひとつ変えず、だまってうなずくだけ。なんだか葬式の参列者のようだ。

キャビンのまんなかに、脚一本で支える寝椅子のようなものがあった。背もたれは四十五度の角度に起こされている。

そこにオーグ・アト・タルカンがいた。わたしは最初、かれが死の床にあるのだと思った。むろん、ニッキの悲しげな表情に影響されたのだが。

男カルタン人はミイラのごとく動かず、まるで剝製にされた異星人みたいに横たわっていた。メエコラー＝カルタン人の始祖であるこの老人に対して、なんと無礼な表現かといわれるかもしれないが、悪気《わるぎ》はまったくない。わたしはひとえに驚いたのだ……かれがきちんと身なりをととのえ、毛皮をなでつけて化粧までしていることに。ひび割れた鉤爪には透明なマニキュアが塗られている。オーグ・アト・タルカンは、かれ自身を模した趣味の悪いカリカチュアのように見えた。

だが、かれが寝椅子を垂直に起こしたとき、人工的に生きかえらせたミイラのようだと感じた第一印象はたちまち消えた。ほぼ立ち姿勢になったため、目が正面から見える。そのまなざしは生命力に満ちあふれていた。

「ここまでしなくてもいいのだが」オーグ・アト・タルカンはその目と同様、無尽蔵の精神力がうかがえる豊かな声で話しはじめた。「こうして横になったまま話すことを許してもらいたい。わが精神は不屈だとしても、この肉体はとてつもなく長い生命のつけを支払わねばならんのでな」

ニッキ・フリッケルがこちらに移動してきた。からだを起こした男カルタン人が彼女に背を向ける格好になったので。

オーグ・アト・タルカンはわれわれを順番に見てから、わたしに視線をとめ、「ご足労すまなかった、レジナルド・ブル」と、いった。「しかし、どうしても伝えたいことがあったのだ。先にはのばせない。どう説明していいか迷うが……ことの重大さと緊急性はきみにもわかるはず。わたしの頭がおかしくなったとか、もうろくしたとか思ってもらいたくはない」

わたしは明るく笑みを浮かべて、

「あなたはきょうも元気そのものに見える、オーグ。健全でクリアな精神をお持ちだ。それはまちがいない」

「本気に受けとるぞ」オーグ・アト・タルカンはいたずらっぽく返したあと、ダオ・リン＝ヘイを見た。その視線を追ったわたしは、ほんの一瞬、全知女性に狼狽《ろうばい》の色を見てとった。だが彼女はすぐに姿勢を正し、冷たく近づきがたい雰囲気にもどる。オーグがつづけた。「はてしなく長いわが人生にも終わりが近づいた……すくなくとも、近づいたことを願う。死への憧れからではない。だれでもそうだろうが、わたしも生きていたい。しかし、命よりだいじな任務があるのだ。わたしがじきにこの世を去るとき、わが使命は完遂してすべてがポジティヴな結果に終わる。そう表現したい」

老人の言葉はややくどいが、理解はできる。わたしより口の軽いだれかがなにかいってくれないものかと思ったが、グッキーもニッキも黙りこんだままだ。

「伝えたいことというのは、それか？」わたしはそういったとたん、厳粛な雰囲気にふさわしい表現をできない自分に腹がたった。

「年よりだから、よけいなことをしゃべっても許してほしい」オーグ・アト・タルカンは弱ったからだに力をこめた。コンビネーションがぴんと張りつめる。その目が射るようにこちらを見たと思うと、声の調子が変わった。「いまいるこの場所で、未来を約束する出来ごとが起きるのだ、レジナルド・ブル。驚くべき奇蹟が生まれる。それを目撃するため、われわれ、ここにとどまらねばならない」

わたしは電撃を受けたようになった。

「ここは、どこだ？　まさかこの中間静止ポイントのことではあるまいな？」

「まさにこの宙域だ！」そういったオーグ・アト・タルカンの目に突然、炎が燃えあがった。「わたしがここを会合ポイントに選んだのは、ゆえあってのこと。けっしてなりゆきまかせではない。力強き者みずからが、この座標を伝えてきたのだ。ここで奇蹟が起きる。どこか、この近傍で」

わたしは助けをもとめるようにダオ・リンを見たが、彼女はまっすぐ前を見るばかり。ニッキは〝おちついて〟といいたげなジェスチャーをする。グッキーはというと、オーグ・アト・タルカンの思考を読もうとしているのか、いっしんに集中していた。

「もっとくわしく説明してくれないか、オーグ？」わたしはしだいに疑念をいだきはじめた。はたして老カルタン人の精神は本当にクリアなのだろうか。なんだかおかしな考えにとりつかれた神秘主義者みたいに見えるが。

「いまいったとおりだ」オーグ・アト・タルカンは憤慨口調で応じた。「奇蹟が起きる……ここで。どこか、この近傍で。力強き者はわれわれがくるのを待っている。われわれの前に姿を見せ、語りかけてくださる。しばらくここにとどまるのだ。その甲斐《かい》はある。直接メッセージを受けとれるのだから」

「そもそも、だれの話をしているんだ？」わたしは周囲の面々に訊いた。「力強き者とはだれだ？　オーグはだれから、この……この情報を聞いたのか？」

本当は〝このたわごと〟といいかけたのだが、最後の瞬間にのみこんだ。たとえ老人の幻想にすぎないとしても、この場で相手を侮辱するわけにはいかない。

「オーグ・アト・タルカンは特別な存在だから」ダオ・リン＝ヘイがおだやかにいう。「多くの秘密を知っている。未来のヴィジョンを見る能力があるのだ」

「たったひとつヴィジョンが見えたからって、この危険な宙域にとどまるべきだというのか？」わたしはダオ・リンを問いつめた。「われわれの貴重な時間をむだにして、奇蹟を待てと？　どこぞのあやしげな者が語りかけてくるのを待てと？　いったい、その力強き者ってのはだれなんだ？」

「推測しかできないが」

「推測なんぞ、くそくらえだ！」わたしは乱暴に吐き捨てた。そろそろがまんも限界に近づいている。「ここにとどまる甲斐があるとカルタン人が思うなら、そうすればいい。しかし、わたしは……」

「完結と実現」ふたたび言葉を発したオーグ・アト・タルカンは、なにかにとりつかれたようなトランス状態だった。「われわれが忍耐強くあれば、力強き者のメッセージを受けとることができる。完結の時はじきに訪れる……ついに実現するのだ！」

かれは突然、手をのばしてわたしの下腕を強くつかんだ。あまりに力を入れたせいで鉤爪が割れる。

「わたしの言葉を信じろ、レジナルド・ブル。真実に背を向けるな！」熱をこめていったあと、がくりとうなだれ、ほぼ垂直に起こした寝椅子のなかで目を開いたまま、死んだように動かなくなった。

「疲労困憊《こんぱい》しただけだ」ダオ・リン＝ヘイがいい、われわれに退室をうながす。外では護衛が待っていた。全知女性はこちらを食い入るように見て、「わたしはあなたがたに同行しない。ここにのこるつもりだ。あなたはどうする、レジナルド・ブル？」

「まだ決められない」わたしは事実に即して答えた。「いささか混乱したのでね。ただ、ひとつたしかなことがある。わたしは理性にしたがう……わけのわからない老人の幻想にではなく」

「もう一度よく考えてほしい。オーグ・アト・タルカンのために」ダオ・リンはそういって去った。

護衛につきそわれて反重力リフトまで行く途中、ニッキ・フリッケルから責められた。

「あんなふうにオーグを非難するもんじゃありません。老人の幻想ではないわ。かれの言葉にはおおいに意味があると思います」

「きみらふたりともカルタン人のヒュプノにかかったな」わたしは機先を制することにした。グッキーもニッキと同じ意見かもしれないから。「いいかげん、まともな人間の理性を使って考えろ。そうすればオーグの話が無意味なたわごとだとわかるはず。なぜ、かれは明確な話をしなかった？」

「したんじゃないのかい？」グッキーだ。

われわれはリフトを使って上昇する。

「そんなふうに考えるなら、きみもかれと同じくまともじゃないぞ、ちび」わたしはエアロック室に向かいながらカルタン人護衛の反応を見たが、こちらの話を理解しているかどうかはわからない。「力強き者がメッセージを伝えるとかなんとかいったときの表現は、ぜんぜん明確ではなかった」

「でも、オーグがなにをいいたかったかは推測できるでしょう」と、ニッキ。

「あたりまえだ。わたしもそこまでばかじゃない。力強き者といえばエスタルトゥしか考えられないからな。だが、とても信じられん」内側エアロック扉が背後で閉まる。わたしは首を振り振り、セランのヘルメットを閉じてつぶやいた。「力強きエスタルトゥが語りかけてくるだと？　そんなナンセンスな話があるもんか！」

エアロック室の空気が排出されたあと通信装置のスイッチを入れなかったので、最後のつぶやきはニッキとグッキーには聞こえなかったはずだ。だが、もういっぺんいえといわれたら、いつでも同じ言葉をくりかえしてやる。

ところが、その機会は訪れなかった。《シマロン》から緊急連絡が入ったのだ。

「未確認の一飛行物体を探知しました」ラランド・ミシュコムが興奮して報告する。

「宇宙船のようです。とてつもない大きさで……まっすぐこちらに向かってきます」

「エスタルトゥの挨拶かも！」ニッキの言葉は皮肉まじりだ。

「さあて、まともじゃないのはどっちかな？」グッキーもふざけていう。

ふたりの言葉に刺激され、わたしはララにたずねた。

「その未確認物体に、超越知性体エスタルトゥを思わせるようなところは？」

「なにいってるんです？」と、返ってきた。

2

帰船すると、わたしはただちに司令室に向かった。

未知物体はゆうに二光時はなれたところにいるため、まだ正確なデータは得られない。それまでこの宙域ではなにも探知されなかったのだから、ほんの数分前に通常空間にあらわれたのだろう。半光速で移動しつつ、減速している。コースベクトルを見ると、銀河中枢部の方向からきたらしい。とはいえ、まだタルカン宇宙にのこっているハンガイ銀河の最後の四分の一から直接、宇宙間のバリアを突破してきた可能性もある。というのも、未知物体のストレンジネス値を調べたところ、ここの宙域よりも高かったのだ。

この事実は、異船に対するわたしの興味をとりわけかきたてた。そう、この未知物体が宇宙船なのはまちがいない。

球型船だと思ったが、近くでよく見ると完全な球ではなかった。ありとあらゆる大きさのドーム状隆起が船殻にくっついているため、場所によって直径もまちまちだ。

「こういうかたちの飛行物体に関する報告はあるか？」と、疑問を投げる。

「聞いたことがありません」イアン・ロングウィンがシントロンに照会したのち答えた。《ソロン》からも同様の応答がくる。ニッキ・フリッケルとその要員も、このタイプの宇宙船は知らないらしい。

「三光年ほどはなれた銀河中枢部の方角に、二惑星を持つ星系があります」ラランド・ミシュコムが口をはさんだ。「そこからきたとも考えられるのでは」

「ストレンジネス値が高いのはなぜだ？」

「シントロンがタルカンのものだと特定した数値よりは低いですよ」ララが説明する。

「計算によれば、未知物体はすくなくとも三週間前にタルカンを去っています。これがどういうことか、おわかりでしょう」

わたしはうなずいた。ストレンジネス値によるとこの宇宙船は、十一月三十日に通常宇宙に遷移したハンガイ銀河の第三クオーターとともに到来したことになる。

「だからといって、興味が薄れたわけじゃない。第三クオーターの住民とコンタクトしたことは、まだないからな」

だれもコメントしないが、わたしにはわかる。みな同じようなことを考えているのだ。ひょっとしたら……たとえわずかな可能性だとしても……ペリー・ローダンとアトランひきいるタルカン遠征隊の消息を、未知船の乗員から聞けるかもしれない。

「通信コンタクトをとれ」声が自分で意図したよりうわずった。最初はハンガイで用いられるハイパー周波で呼びかけるというのがルーチン手順なので、それは念押しする必要もない。かわりに、こうつけくわえた。「ただ、ハウリ人の情報コードは使うなよ。もし相手が六日間教義のシンパだったら、関わりたくないからな」

その命令が実行される前に、シントロンが知らせてきた。

「未知者がカルタン人の周波で呼びかけてきました。しかも、二言語で。ハンゴル語とカルタン語の両方を使っています」

「聞いてみたい」

そう応じたとたん、金切り声さながらの甲高《かんだか》い音声が司令室に響きわたった。追いたてられたような早口で、息もつかずに話している。テキストは長くないものの、パターンを変えて何度もくりかえされるところを見ると、自動音声ではない。

「われわれ、いま向かっている。予言は現実になった。〝歓喜の地〟を発見したと確信できるまでの道のりは長く、いまようやくワリキに到着した。イマーゴが見つかる前に時が満ちたが、完結の瞬間はもう待ったなしだ。あなたがたもすでに到着したのなら、ともに歓喜の地へ向かおう。われわれはたくさんいるが、それでも孤独だ。われわれはウォルロンの者。思いだせないほど昔から多くの世界を観察し、〝成熟の時〟の訪れをしめすサインを探してきたが……見つからなかった。だがメッセージを受けとり、イマーゴの到来と星々の消滅を知った。ゆえに休息場所を去り、スタートしたのだ。これまでの苦労が報われたことは、すでにわれわれの多くが知っている。そしていま、あらたに知った。完結の時はじきに訪れると……」

こうしたフレーズが何度もくりかえされる。わたしは再生をとめるようシントロンに命じ、グッキーをそばに呼んだ。

「この内容、どこかで聞いたことがないか？」

「完結がどうのこうのって話かい、でぶ？」イルトは訳知り顔で、「オーグ・アト・タルカンが似たようなことをいってたぜ」

「まったく同じだ。一言一句変わらない。〝完結の時はじきに訪れる〟といった」

「あんたの意見じゃ、あの老人はまともじゃないんだろ」

「たしかに、そう見える点はいくつもある。まさかきみも、これがエスタルトゥの声だとは思わんよな」と、反論した。「だが、オーグの幻想にもなにがしか真実はあるのかもしれん。この未知者と話がしたい。シントロン、かれらはなんと名乗っている？」

「〝ウォルロンの者〟です。ウォルロンが種族名かどうかはわかりませんが……」

「それはどうでもいい」

*

シントロンはしばらくのあいだ、未知船に向けて身元確認シグナルを発信した。やがて相手が承認したため、わたしは通信をつないで話しかけた。

「こちら《シマロン》の最高指揮官、レジナルド・ブル。ウォルロンからの呼びかけをキャッチし、こうしてコンタクトする機会に恵まれた。われわれの意図は平和的なもの。同じく平和的意図を持つ未知者はすべて友とみなす」

「こちら、あなたの友」すぐに応答がきたものの、予想に反して映像はなく、声だけが聞こえる。「われわれはたくさんいるが、それでも孤独だ。ともに歓喜の地を訪れようではないか」

そこで相手は間をおいた。こちらの反応を待っているらしい。このあいだにわたしは、映像が見えないとシントロンに注意した。ところがシントロンはこういう。

「映像信号は送られてきていません」

「きみたちはたくさんいるが、孤独なのだな。わかった」わたしはそう相手に応じた。これが正しい社交辞令と受けとめられればいいが。「しかし、どこかを訪れる前にもうすこし情報がほしい。なぜ映像を送ってこないのか？　こちらは姿を見せているのに」

「映像はなにも語らない」と、答えがくる。「真に価値あるものは目に見えない。いま見ている星々は、実際にはもう存在しない。計測機器の数値も偽りだ。われわれが持つデータはすべて、真実によって引っくりかえった。占星術にもとづく科学知識も刻一刻と価値を失っていく。星々は消え、もう見えないのだから。ゆえに、見ることについて話すのはやめ、いっしょに体験しよう。われわれとともに行こう」

わたしはやや困惑した。この異人、見ず知らずのわたしに対してまるで知己《ちき》のような口をきいている。あるいはすくなくとも、同盟者とみなしている。あてずっぽうでそんなことをするとは考えにくい。ということは、かれらにそう思わせるなんらかの結びつきや共通点が、こちらにあるのだろう。

「われわれ、たがいのことをほとんど知らないのだぞ」と、釘を刺した。「きみたちがこちらの見かけや出身に興味を持たないのは自由だが、われわれはそちらのことをもっとよく知りたい」

「歓喜の地でたがいに対面できる」これが相手の答えだ。

「きみたちの出身惑星は？」

「ウォルロンだ。そこが長いあいだ休息場所だったので、そう名乗ることにした」

「つまり、星間放浪者ってことね」ラランド・ミシュコムがうしろのほうでつぶやく。

「どういった種族に属している？　種族名はあるのか？」と、わたし。

「ベングエルと呼ばれている。われわれはたくさんいるが、それでも孤独だ」

「なぜ孤独なんだ？」

「ともに歓喜の地に行けば、おのずとわかる」

「きみたち、われわれになにを期待している？」

「期待はやがて終わる。完結の瞬間が近いのだから」

「〝完結〟はベングエルの言語でなにを意味する？　きみたちはその言葉をどう受けとっているのか？」

「正しい時間に正しい場所にいること。その場所へとわれわれは向かっている」

　これじゃ堂々めぐりだ。こちらの具体的な質問に対し、返ってくるのはステレオタイプの答えばかり。相手が自分や種族の目的を知らないとは考えにくい。たんに答えを避けているのだろう。わたしをだましておびきよせようという魂胆にも思える。われわれに興味がないのなら、自分たちでさっさと好きなところに行けばいいじゃないか。そうしないということは、こちらになにかをもとめているのだ。

「わたしは先ほど名乗ったが、そちらの名は？」と、あらたな切り口をためしてみる。

「シディチャムと呼んでくれ」

「こりゃすごい前進だな」わたしは驚いた。「きみがどんな感じなのか、説明してくれるか？　つまり、外見とか性格とか」

「ああ……わたしはたくさんいるなかの一名で、ほかの者と同じく、もう孤独ではない。以前はウォルロン随一の〝星読み〟だった。いまは《ウォルロン》で歓喜の地ワリキに向かっている。ともにワリキをめざそう……」

「ウォルロンはどこにある？」わたしは途中で口をはさむ。さらに突っこんだ質問をくりだそうとしたとき、ララが知らせてきた。

「ダオ・リン＝ヘイから話があるとのことです。いま異人とだいじなやりとりの最中だといって断ろうとしたんですが、まさにその件で話したいと」

しかたない。わたしは嘆息しながらイアン・ロングウィンを呼び、シディチャムとの実り薄い会話のつづきをしばし引き継がせることにした。

「こちら、レジナルド・ブル」と、型どおりインターカムに応答する。すぐにカルタン人の映像がスクリーンにうつった。

「理解できない。なぜベングエルを困らせるような質問ばかりするのか」ダオ・リンはいきなり本題に入った。「あなたがなにを訊きたいかわからないのに、相手が満足な答えを返せるはずないではないか」

「わたしにはむしろ、わからないふりをしているように見えるが」

「そうは思わない」と、全知女性。「シディチャムはなにも知らないのだ。つべこべいわずにかれの提案を受け入れ、《ウォルロン》を追って歓喜の地を訪れてはどうか？ それがオーグ・アト・タルカンの望みでもあるのだから」

「オーグはこの異人たちについてなにを知っている？ 聞かせてもらいたい」

「かれはまだ話せる状態ではない」ダオ・リンは残念そうにいった。「ただ、どのみちベングエルについて話せることはないだろう。この種族に言及するのを聞いたおぼえがないから。かれらの登場で状況が一変したのがわからないか？　ベングエルについていくのだ。そうすれば、もっと多くのものごとが明らかになる」

「なにもかも、あまりに謎めいているな」と、わたし。「これがもしヘクサメロンの罠だったらどうするんだ？」

ダオ・リンはやれやれといいたげに首を振り、

「あなたほど冷静な思想家なら、ベングエルがヘクサメロンとまったくちがう世界からきたとわかるはず」そういったあと、苦々しげにつけくわえた。「シディチャムの申し出を受けてほしい。ぜひとも……われわれ全員のために」

「考えておこう」わたしは言質《げんち》をとられないよう、曖昧《あいまい》に返事した。実際はすでに心を決めていたのだが。「通信内容を傍聴していいぞ、ダオ・リン」

イアン・ロングウィンの声が背後で聞こえる。わたしはそちらを向き、

「どんなようすだ？」と、訊いた。

「歓喜の地の座標を受けとりました」イアンが簡潔に答える。「シントロンの分析により、三光年先にある二惑星系と一致することが判明。ワリキはその第二惑星です。シディチャムがこちらの決定を待っています」

「なら、ウォルロン＝ベングエルについていくと伝えろ」

「わたしが伝えるので？」

「きみの努力のおかげだからな」そういい、つけくわえた。「わたしが相手していたら、これほどスムーズに話は運ばなかっただろう」

イアンがベングエルと話しているあいだ、入手した座標についてシントロンに問い合わせた。

「ベングエルはわれわれのとよく似た銀河座標システムを使っています」と、シントロン。「銀河中心を基準にし、銀河赤道に沿って経緯度を測定する方法です。自分たちの出発点であるウォルロンの座標についても伝えてきました」

「で？」話を切りつめようと、わたしはうながした。

「ウォルロンがあるのはハンガイ銀河中枢部近傍です。このハンガイとは、十一月三十日に通常宇宙に遷移した第三クオーターのこと」

「そうか。ごくろうだった！」

「どういたしまして」

シントロンに親しげな言葉をかけるのも悪くない。この人工知性はすでに、かなりの感情を持つ領域に達しているのだから。

「終わりました」イアンがほっとしたようにこちらを見た。「ウォルロン＝ベングエルの招待を受けるということですね？」

前にわたしが可及的すみやかに《バジス》にもどりたいといったのを、あてこすっているのだ。

「きみがそう約束したんだろう、イアン。ま、一日や二日スタートが遅れたところで、たいしたこともあるまい」

わたしはそういった。だが、この時点でまるまる一週間も遅れるとわかっていれば、ちがう判断をしたかもしれない。

3

われわれは二惑星系の手前でウォルロン＝ベングエルをずっと待っていた。あの《マイ＝キ》でさえ《シマロン》とほぼ同時に到着したというのに。高性能の超光速エンジンならば、三光年などたいした距離ではない。しかし、ベングエルの宇宙航行技術は救いようのないほど遅れているとみえる。巨大な質量を持つ船だから、コースを確定したのち加速するのは容易じゃないだろう。

ワリキは地球とほぼ同じ大きさの酸素惑星で、表面がひび割れているように見えた。全体の五分の三を海や湖沼が占め、陸地は大小さまざまな数千の島々に分かれている。とくに大きな島がふたつ、正反対の位置にあった。見ようによっては大陸といってもいい。われわれの到着時に昼の側にあったほうをランド・アルファ、夜の側にあったほうをランド・ベータと名づけることにした。

文明の存在はうかがえないものの、知性体がいないとは断定できない。低進化段階にある住民がいるかもしれないから。確認のため、ゾンデを送りだした。いずれにせよ、問題なく呼吸できる酸素大気があるのはわかっている。しばらくしてゾンデが送ってきたデータによると、身体に悪影響をおよぼすファクターはなさそうだ。正確なことはくわしく分析してからだが、まだその段階ではない。

「グッキーはどこだ？」すこし前からネズミ＝ビーバーの姿が見えないことに、わたしは気づいた。

　だれも答えない。自分に話しかけられたとは思っていないのだろう。

「ゾンデ4が原住種族一名を発見しました」シントロンが伝えてきた。「知性体のようです。ランド・アルファに原始的集落の遺構も見つかりました。ただ、発見された住民がこの集落を建造した可能性は低いと推論します」

「こっちでも推論を立ててみよう」わたしはシントロンのコメントに刺激され、ゾンデがとらえた映像を転送させた。

　最初の映像はかなり高い位置から撮影したもので、オーストラリアほどの大きさの島全体が見えた。測定結果によると、三分の一が山岳地帯だ。地面のほとんどは樹木のない草原か砂漠だが、山には木々が茂っている。

　次にうつしだされたのは、高度千メートル付近から見た草原の風景。そのまんなかに、骨組みだけになった廃墟がいくつかある。拡大してみると、多階層建物の支柱部分だとわかった。多くはまだ屋根の部分がのこっているが、外壁はまったく見えない。

そのとき突然、ゾンデのカメラが一生物の姿をとらえた。人間ほどの大きさのトカゲ生物だ。たくましい後肢で直立し、前肢もしくは腕を使って瓦礫《がれき》のなかをあさっている。ゾンデが近づくと、トカゲが鱗《うろこ》とほぼ同じ色のブルーグリーンのシダ植物でからだをおおっているのがわかった。一種の迷彩服だろう。

ゾンデが恒星の前にきて影が生じたのに気づき、トカゲが振り向いた。威嚇するように上下の歯をむきだし、石斧らしき武器をゾンデに向かって投げる。そこで映像が中断した。

「ゾンデの損傷は軽いもので、すでに再作動しています」と、シントロンが説明。「つづきをごらんになりますか?」

「それよりも、あの廃墟のなかになにがあるか知りたい。かつての住民の進化段階がわかるような技術設備や日用品はないだろうか」

シントロンの話だと、廃墟に以前どんな者が住んでいたかヒントになる遺物は発見できなかったという。

「ここの住民たち、荷物をまとめて脱出したような感じですね」ラランド・ミシュコムが背後にきていった。「でも、どこへ行ったのかしら?　なぜ町を出ていく必要があったのか。石器時代のトカゲみたいな原住種族に追われたわけじゃないでしょうけど」

「世間に背を向け、たくさんある島のどれかに隠遁したのだろう」わたしはまじめな口調で答えた。「ところで、グッキーを見なかったか？」

「ムワリにかけて、イルトになんの用です？」ララは目を奇妙に光らせた。〝ムワリってなんだ？〟と訊いたら墓穴を掘ることになりそうだ。「グッキーがいないとすごくしずかで、ほっとしますよ。ムワリに感謝しなくちゃ」

「べつに用はない。ただ、ベングエルと通信したあと、姿が見えないんでね」

ララにはいわなかったが、じつはグッキーにランド・アルファへテレポーテーションしてもらおうと考えていたのだ。調査目的と、可能ならトカゲ生物とコンタクトするために。だが、どうしてもというわけではない。《ウォルロン》がくるまでの時間を有効活用したかっただけで。

とはいえ、それも不要になった。いびつなかたちの巨大球型船が到着したのだ。すでに第二惑星の周回軌道に近づいている……非常に速い残留速度をたもったまま。

「あれじゃ第二惑星に近すぎる」ヴェエ・ユィイ・リィが専門的意見を述べた。「かれらの技術でうまく制動機動できるとは思えない。恒星までまっしぐらに進んでいくだろう。それどころか、へたしたら突っこんでしまうぞ。賭けてもいい。反対意見は？」

「ある」と、わたし。ベングエル船の最新の減速価が判明したのだ。「その前に船はこっぱみじんだ。こんな調子で急減速をつづけていたら、シャボンの泡のごとく千の断片に分解する」

賭けをしていれば、わたしの勝ちだっただろう。そのあとすぐ、本当に球型船が破裂したのだから……ただ、断片の数は千もなかったが。

背後で〝ぽん〟と音がして、グッキーのがみがみいう声が聞こえた。

「ねえ、どういうことさ。ぼくを置いたまま自分たちだけスタートするなんて」

振りかえると、イルトは本気でむくれているようだ。

「おまえさんを、どこに置いたままにしたって？」わたしは訊いてみた。

「《ウォルロン》だよ。ま、そりゃ無断でジャンプしたのはまずかったけどさ」グッキーはすこし口調をやわらげ、ちいさくつけくわえる。「ベングエルのこと、あんたがもっと知りたいだろうと思って、船内を見まわってたんだ。なのに、いきなりいなくなるんだもん。ぼかあ、あのよせあつめ船でここまでくるしかなかったんだぜ」

わたしはよく聞いていなかった。というのも、まさにこのとき《ウォルロン》が大小さまざまな球形構造物に分かれたのだ……シャボン玉が破裂して千のしずくが飛びちるごとく。各構造物はそれぞれ四方八方に分かれたあと、コース変更してしだいにひとつの船団を構成し、黄橙色恒星の第二惑星へと向かっていく。

「よせあつめ船といったか？」と、わたし。

「いま見たとおりさ」ネズミ＝ビーバーが答える。「《ウォルロン》はちいさな球体セグメントをよせあつめた船なんだ。実際、ハチの巣みたいな構造でね」

「球体の数だが、千はあるな」わたしは茫然としていった。どうもこの数字が頭にこびりついている。

「正確には八百二十三です」シントロンが訂正した。

わたしはそれを無視して、

「で、なにかわかったことは、グッキー？」

「テレパシーは役にたたなかった。ベングエルは口にするとおりのことしか考えてないんだ。完結とか、歓喜とか、孤独とか……わかるだろ。でも、気さくな連中だよ。ぼくのことも旧友みたいにもてなしてくれた」

「外見はどうだ？」

「テラの概念で説明しろってこと？」グッキーはこちらの返事を待たずにつづけ、「霊長類とアカゲザルのハーフって感じだね。顔はパグ犬みたい」

「まったく科学的な表現とはいえんな」わたしは皮肉に応じた。

「なら、ワリキに行って自分の目で見ればいいじゃん」グッキーは不機嫌にいい、あてつけがましくその場を去る。

かれのいうとおりだ。

ベングエル船団を観察する。球体セグメントの直径は四十メートルから二百メートル。第二惑星の大気圏に突入後は球体間の距離がひろがった。最初ランド・アルファに着陸するかに見えた船団は、やがてその境界を通過。惑星の夜の側にもぐり、最終的にランド・ベータに着陸した。

「奇妙じゃないですか?」ララが訊いた。「なぜ昼の側に着陸しないのかしら?」

「ベングエル種族は夜行性なのかもしれん」わたしは答えたが、むろん論外だ。自転する天体に昼夜がかわるがわる訪れることは、宙航士なら当然知っているから。

「わたしにはむしろ、かれらが特定のゴールをめざしているように見えます」と、ララ。

「この惑星というだけでなく、惑星上のどこが目的地か正確に知っているみたい」

ランド・ベータの映像を見てみた。なぜウォルロン=ベングエルがわざわざそこを着陸場所に選んだのかわかるヒントがあるかもしれない。だが、がっかりした。位相的にも、森がある山や草原や砂漠の割合も、アルファとほとんど変わらないのだ。どちらの大陸も赤道上にほぼ同緯度までのびている。アルファは南半球にあり、ベータのほうは十度から十三度、北に位置するというだけで。

ベングエルが着陸した場所は、森のきわにある草原の上だった。

ベータが根本的にアルファと異なる点はひとつだけ。廃墟がまったく見られないのだ。原住種族のトカゲ生物もいない。

ベングエルたちが下船しはじめた。そのようすをゾンデの夜間撮影が送ってくる。

それを見ようとしたところ、たちまち映像がランド・アルファの光景に切り替わった。

突発的事態が生じたらしい。

「石器時代トカゲが集結しています。まるで戦争でもはじめるみたい」と、ララが説明する。

「戦争？　相手は？」

「おそらく内戦でしょう。草原トカゲと森トカゲの戦いですね」ここぞとばかりに原住民の知恵をくりだし、「ジンバブエの寺院跡は黙して語らず、されど雄弁なり」

　わたしはグッキーを司令室に呼んだ。ランド・アルファに行きたいと告げてから、つけくわえる。

「ただし、きみが親切にもテレポーテーションで連れていってくれるならの話だがね」

*

今日《こんにち》、古きよき道具デフレクターが登場することはめったにない。これを使えば相手から姿は見えなくなるが、探知されやすいのだ。したがって、ほかに不可視のバリアを張る手段がない場合のみ、デフレクター・フィールドの出番となる。

　しかし、今回はデフレクターを使うのが最適だった。グッキーもわたしも原住種族に見られることなく、集団のなかにまぎれこめた。アンティフレックス眼鏡があるので、たがいの姿は見える。

とはいえ、まったく気づかれないとはいかない。ブルーグリーンの鱗があるワリキのトカゲ生物は恐るべき本能を持ち、まさに野生児だ。嗅覚が非常に鋭く、こちらのにおいにすぐ反応する。かれらのあいだを移動するさい、一度ならず騒ぎになった。

大きな一トカゲ生物がうずくまって奇妙な歌を歌っているそばを、グッキーが通りすぎたときのこと。恍惚《こうこつ》状態に見えた相手がいきなり立ちあがり、棍棒で周囲をめちゃくちゃに打ちおろしはじめた。ぶたれては大変だと、イルトはテレポーテーションで逃げるしかなかった。

「いつまでたっても成長しないな、ちび」わたしは通信で話しかけた。セランのヘルメットを閉じているので、原住種族に聞こえる心配はない。「きっとにおいを嗅《か》ぎつけられたんだ。おまえさん、臭かったんだろう……」

いいおわらないうちに、べつの原住種族がわたしの前に立ちはだかった。体長二・五メートルのトカゲだ。燃える目でまっすぐこちらをにらんだように見えたと思うと、突然みじかい腕を殻竿《からざお》のように振りまわした。わたしが急いで大きくよけると相手もすぐに向きを変え、あと二歩のところまで迫ってくる。それから、当惑したように立ちどまった。

「耳垢がたまって、がまんできないと思ったらしいぜ」グッキーはいい気味だといいたげに、「思考を読んでわかったよ」

「ほかにわかったことは？」

われわれは背丈ほどあるシダ植物の茂みに入った。沈みゆく恒星が空を真っ赤に染め、地平線上にむらさき色の雲がかかっている。手のひらより大きなバッタが左右に飛んで逃げていく。

ようやく原住種族が集結している空き地に着いた。草原の草が焼きはらわれているところを見ると、トカゲは火を使えるのだ。自分たちの優位性を確信しているだろう。数キロメートル先に黒い帯のような森があり、その向こうで山が夕闇に沈みはじめた。

「ここならいいや」返事がわりにグッキーはいった。「かれら、作戦会議をやってるよ。頭に毛皮のあるちいさい年よりトカゲが親分だ。リーダーで、医術や軍略にも長《た》けてる。名前はミク・ミクだよ」

空き地には三十名ほどのトカゲが輪をつくっていた。全員が戦闘用の化粧をほどこし、石斧や棍棒や投石器や槍で武装している。そのまんなかで、グッキーがミク・ミクと呼んだリーダーが火をかこんで踊っていた。見ていると恥ずかしくなるようなパフォーマンスだが、トカゲたちの意見はちがうらしい。みな三本指の鉤爪で単調なリズムをとりながら地面をたたいては、しわがれた叫び声をあげている。真っ赤に塗られた口の端に、長い竹に似た棒のようなものをくわえていた。その先端が赤熱《せきねつ》し、かなりの量の煙が出ている。かれらが吸って吐くたびに、もうもうたる煙が渦巻いた。若いトカゲはこれを見てうらやましがるのだろう。

「煙を吸うことでおのれを鼓舞しているのか？」わたしはグッキーに訊いた。

「そんなとこだね。森に住む敵と対峙《たいじ》する不安を追いはらおうとしてる。すくなくとも思考を読んだかぎりでは」と、イルト。「かれらの使う言語は原始的だよ。〝木たち〟や〝たくさんの木〟や〝もっとたくさんの木〟は、森を表現するのに使う言葉だ。〝木たちの影〟ってのは、森の精みたいな意味かな。それをかれらは狩ろうとしてる……戦うんじゃなくて。森の精は木の上に住んでる動物で、食べるとうまいらしい。トカゲじゃないよ」

「森に暮らすトカゲなんて聞いたことないしな」わたしも納得した。「つまり、ここにいるのはただの狩猟集団ってことか」

「いまのところはね。ただ、医術師の親分は出発の合図を出す前に、なんかいんちきをやるつもりだよ」

わたしは失望した。しかしここまできたからには、トカゲの狩りを見物といこう。

ミク・ミクが奇声をあげて火のなかに跳びこんだ。たっぷり一分間、燃える薪《たきぎ》の上に立ったままでいる。周囲の者たちは興奮の叫びでそれにこたえ、鼻孔から煙を盛大に吐きだした。

ミク・ミクは火から出てくると、仲間たちに向けて大声を発した。すると、全員いっせいに立ちあがって一列にならび、すばやく集まってくる。足音がドラムロールのように響いた。

リーダーは火に手を突っこんで燃えている薪を一本とりだし、列の先頭にいる者にわたした。その者は松明《たいまつ》を手に、森へつづく踏み分け道を進んでいく。次にミク・ミクから松明をわたされた者はべつの方向へ。こうして次々にトカゲたちは姿を消していった。われわれはぜんぶ終わるまで待たずに、森へと飛翔してみた。

木々はどれも幹が太く、地面から四メートルの高さまでそびえている。大枝が四方にのびて絡まり合い、生い茂る葉が密な樹冠をつくっていた。

ななめ下方向で、かさかさと音がする。見ると、毛皮におおわれた動物が一体、茂みのなかに姿を消したところだ。

「トカゲたちが狙ってる獲物にちがいないよ」と、グッキー。「かわいそうに、火を見て不安になったんだ。仲間に警告しに行った」

「だとすると、トカゲもばかだな。火で相手を警戒させるとは」

「それはちょっとちがうかも。ぼくの見立てだと、木に住む者たちが火を不安に思うのは、炎を見ると動けなくなるからだね」

散開したトカゲたちが松明を持ったまま近づいてきて、森をかこいこむようなラインをつくった。両端の二名がすばやく動き、先頭を切って木々のあいだに消える。

「かれら、ばかじゃないぞ」わたしはいった。「獲物をはさみうちにする気だ。逃げ道をふさいでいる。われわれももっと奥に行こう」

「そんでもって大量虐殺の場面を見物するつもり？」グッキーが不愉快そうに応じる。「あんたは動物たちのピンチにも冷静でいられるだろうけど、ぼくには、かれらが死ぬほど不安を感じてるのが伝わってくるんだ」

「気持ちはわかるが、ちび……」

「いや、ちょっと待てよ」ふいにイルトはいった。「あの動物のこと、もっとよく知ったほうがいいかもしんない。たったいま、集束した思考インパルスをキャッチした。ひとつにまとまってて、一個体の思考よりもきちんとしてる」

グッキーは反重力装置で森の奥に入っていく。わたしもあとを追った。

「きちんとした思考とはどういう意味だ、グッキー？」

「ただの動物の思考じゃないってこと。トカゲの食事メニューにのってる樹上生活者は半知性体だよ」

「それがそんなに興奮するようなことか？」

「ぼかあ、ことの真相を見きわめたいんだ」

三百メートルほど進んだとき、木々のあいだに松明が見えて、トカゲがあらわれた。何度も跳びはねながら燃える薪を振りまわしては、茂みめがけて槍を突き刺している。

そのたびに、茂みのなかから恐怖におびえる複数のわめき声があがった。声はしだいに近づいてくる。

「樹上生活者たちを追いたててるよ」グッキーは心から同情していた。「せまい場所に追いこんで火で動けなくさせてから、いっきにしとめる気だ」

「きみの思いやりは尊重するが、ちび」と、わたし。「これは生存競争だ。われわれの祖先だって……」

「〝あんたの〟祖先だろ」グッキーが訂正した。「ぼくらイルトは昔からベジタリアンだぜ」

「だとしても同じこと。弱肉強食の掟は生きのびるための基本だ。もう見ていられないのなら、《シマロン》にもどろう」

あわれをもよおす叫び声が、ついにわれわれの頭上で聞こえた。トカゲはあと五メートルのところまで迫っている。そこへさらに二名、仲間のトカゲがやってきた。

グッキーがデフレクターをオフにし、トカゲ一名の前に立ちはだかった。相手は怒ってふーっとうなり声をあげると、イルトに松明を投げつけ、槍で威嚇のポーズをとる。グッキーはパラライザーを抜き、発射。射程圏内に入ったほかの二名も同じく撃ち倒す。それから麻痺した者の足もとにかがみこみ、銃でつついて満足げにうなずいた。

「どういうつもりだ?」わたしは唖然とした。「まさか、惑星の掟に逆らえると思ってるんじゃあるまいな。自然があたえた食べ物を奪ってトカゲを絶滅させる気か？」

「知ったふうな口をきくなよ、でぶ」グッキーは怒ったようにいうと、そのまま黙って上昇し、生い茂る樹冠のあいだに見えなくなった。

あとを追ったが、わたしの体形でそこまでのぼるのは容易ではない。このごろ減量して理想体重に近づいてはいたのだが。

ともかく、どうにか樹冠まで行くことはできた。

グッキーのシュプールはなかった。通信で呼びかけても返事がない。探知機を使い、ゆうに百メートルはなれた場所でようやく発見。テレポーテーションしたにちがいない。たぶん、追いたてられた樹上生活者たちのもとに行ったのだろう。

「わかったよ、ちび！　救出作戦開始といこう」わたしは大きく嘆息し、デフレクターを切ってヘルメット・ランプを点灯した。コンビ銃を抜いて分子破壊モードにセットすると、通りやすくなるように大枝を消滅させて道を切り開く。

わたしにしては急いで進み、やっと樹上生活者のところへ着いた。せまい場所に数十体が密集し、ひとことも発せず死の恐怖に震えている。

間近で見ると、四肢を持つサル型種族だ。頸はなく、細い肩の上に無毛の頭がのっている。大きな黒い目が、わたしのランプの光を反射して虹色の星のように輝いた。ブラウンの毛皮は明るい黄土色から濃褐色まで幅がある。

わたしはヘルメット・ランプを消した。

下のほうで炎が揺らめいた。なにか命令する低い声が聞こえ、松明を持ったトカゲたちが輪をつくる。

ようやく暗闇に目が慣れてきた。恐ろしさのあまり硬直している樹上生活者たちのまんなかに、グッキーを発見。

「オーケイ、ちび。さて、なにをやる？」わたしはヘルメットをはねあげて声を出した。通信装置は切っていたので。

「助けはいらないよ」と、イルト。「いまから惑星の自然進化に介入するんだ。あんたを巻きこむわけにはいかない。良心の葛藤に悩むことなく、目をつぶっててよ。ぼくがひとりでやる。関わんなくていいから、でぶ！」

「了解。では、なにもせず黙って見ていよう」

ネズミ＝ビーバーがなにを考えているのかわからない。これほど食ってかかる理由はないと思うのだが。

ともあれ引っこみ、なにが起こるか待ち受けることにした。

トカゲのつくった輪が閉じた。かれらの振りまわす松明が、下のほうにある枝や葉を焦《こ》がす。動かない樹上生活者のまんなかからグッキーが出てきて、槍を突きあげているトカゲたちに狙いをつけた。

すると、ぱんと音がして、ぜんぶの槍が破断された。指くらいの大きさの破片があたりに飛び散り、弾丸のごとくトカゲの上に降りそそぐ。かれらは痛みと怒りで悲鳴をあげた。

次はグッキーお得意のテレキネシス・ダンスだ。超能力で松明の火を消し、トカゲの手から薪をもぎとってぶちのめす。それだけでは飽きたらず、トカゲを空中に飛ばして旋回させた。かれらはたがいに頭をぶつけ、さかさまになって転がされたり、とんぼ返りさせられたりする。

深刻な状況にもかかわらず、わたしは古きよき時代をなつかしく思いだした……グッキーが好き放題にふるまっていたころを。

イルトはぞんぶんに暴《あば》れまわって満足したらしく、トカゲたちがこのとんでもない魔法から逃れようと大あわてで走りだしても、ほうっておいた。

「たいした見ものだったな」わたしは素直に賞讃した。「これできみは樹上生活者を救ったわけだ」

「必要に迫られたからね」グッキーは心動かされたような、同情しているような、奇妙な視線を樹上生活者たちに送った。かれらはトカゲに負けず劣らずショックを受けたのか、まだ動かない。グッキーは話しかけた。理解はできないだろうが。「どうしてきみたちが樹上生活者に退化しちゃったのか、ぼくにはわかんない。だけどきみたちの運命については、宇宙航行する同族に知らせておくよ」

その言葉におちつかせる効果があったらしく、ふいにかれらの硬直が解けた。興奮したように声をあげ、あちこちへ跳びはねはじめる。

イルトがもう一度かれらに目を向けると、大騒ぎはしずまった。衝動は制御されたようだ。わたしにはわかる……グッキーがテレパシーで介入したのだろう。やがて樹上生活者たちは枝から枝へ跳びうつり、じきに姿が見えなくなった。

「さて、説明してもらおうか」わたしはいった。「なぜきみがあの樹上生活者に肩入れしたのか、まだ理由を聞いていないぞ」

「かれらはかつて、ぼくらが廃墟を発見した町の住民だったんだ」と、グッキー。

「で、宇宙航行する同族というのはなんの話だ？」

「あの樹上生活者、ベングエルの末裔《まつえい》なんだよ。《ウォルロン》にいたとき知ったんだけど」

「なぜ黙っていた？」つい非難口調になる。

「ぼくもついさっきまで、わからなかったのさ。かれらと宇宙航行種族ベングエルとは、精神面でまったく異なるからね。動物と知性体くらいの差がある。似てるのは外見だけだ」

わたしはグッキーの言葉を聞いて、やましいこともないとはいえ、おのれを恥じた。

「《シマロン》にもどろう」と、ひとことという。

　そこではあまり愉快でないニュースが待っていた。《マイ＝キ》から一搭載艇が第二惑星に向けてスタートし、ランド・ベータに着陸したという。カルタン人たちに問い合わせたところ、艇にはダオ・リン＝ヘイとオーグ・アト・タルカンが乗っていると判明した。さらにはニッキ・フリッケルもイアン・ロングウィンの命令にそむき、スペース＝ジェットで二名のあとを追ったとのこと。

　独断専行というほかない。それでもこのとき、そのせいでわれわれの滞在が予定より長くなるとは思いもしなかった。

4

ベングエルの着陸場所は周囲を山にかこまれたひろい平原だった。部分映像を見ると、どこまでも草原がひろがるなか、木々の茂る山の裾野《すその》に宇宙船が多数とまっている。その全景においてかれらの船は、巨人の赤ん坊が好き勝手にまきちらしたビー玉みたいに見えた。ベングエルたちはちいさな点で、アリのようだ。拡大してみたところ、かれらが活発に動くようすはまったくない。船内に集まるか、あてもなくそこらをうろつくかで、無為にのらくらしている。なにもせず時間をつぶす以外、やることがないのだろうか。

わたしはふと、ヴィーロ宙航士たちのことを思いだした。自分もその一員だったが、充足をもとめて宇宙の驚異を見に行こうと旅立ち、星々のあいだを彷徨《ほうこう》したもの。われわれもまた、日々なんの憂いもなくすごしていた……とにかく最初のうちは。ただ、外見はそうでも、内心では研究者あるいは発見者のつもりだった。すくなくとも、エスタルトゥの支配領域、すなわち永遠の戦士の帝国における状況が一変するまでは。わたしは思わず額に手をのばし、ほとんど見えないくらいのちいさなくぼみに触れた。かつてそこにトシンの印があったのだ……

思い出を振りはらう。いまは推論を引きだそうとしているのだから。

当時のわれわれも、なにをするでもなく、義務も責任も負わず、ひたすら自分たちの目で見て追求するためだけに行動していた。それはすでに先ほどいったが、われわれはけっしていまのベングエルのように無為でも不活発でもなかった。そう、ベングエルは無気力とさえいえる。かれらが星間放浪者だとしたら、われわれ宇宙彷徨者はまったくちがう存在だ。

「かれら、なにか待っているみたいですね」ラランド・ミシュコムがいった。どうも近ごろ、彼女に追いかけられている気がする。ストーカーか？　いや、まさか！　「シディチャムが行動のサインを出すのを待っているのかも。ここに腰をすえるかどうか、まだ決めかねているんでしょう」

「ここに腰をすえるつもりなら、アルファに着陸したほうがよかったんじゃないか」わたしは反論した。「昔あったベングエル集落の基礎がのこっているんだから。定住するには、まず建築からはじめるのがふつうだろう」

「ジンバブエの寺院は一日にしてならず」ララがまたぞろ格言を述べる。

わたしとイルトがランド・アルファの退化したベングエルを原住種族から救って、ほぼ三十時間が過ぎていた。そのあいだ、ほとんどなにも起きていない。

ダオ・リン＝ヘイとオーグ・アト・タルカンはベングエルたちの輪に友好的に受け入れられたらしい。かれらとなにをしているのか、わたしはダオ・リンからこっそり聞きだそうとしたが、そっけなくこういわれた。

「べつに宇宙的問題のあれこれを話し合っているわけではない。わたし個人はコンタクトしていないが、オーグ・アト・タルカンはかれらと出会って本当に元気になった。ベングエルを見て若さがよみがえったようだ。その幸福をじゃましたくない」

オーグと話をさせてほしいとたのんだが、ワリキにきて自分で判断すればいいと断られた。

「行ったところで、ほとんどやることがないだろう」

わたしはそう応じ、最初はニッキ・フリッケルを呼びもどそうとした。だがニッキいわく、この場にいたほうが重要な情報が手に入りやすいとのこと。そういわれると反論できない。ただ、ニッキもいまのところ報告すべきことはゼロだった。

もちろん、ベングエルにあれこれ質問はしたようだが、意味のないステレオタイプの答えしか返ってこなかったという。

明らかにベングエルはなにかを待っている……憧れてやまないなにかを。そのためにワリキにやってきたのだ。かれらがハンゴル語で〝歓喜の地〟と表現したこの惑星に。

それでも、ニッキにわかったことがひとつだけあった。

「ベングエルは自分の固有名をいいたがらないんです」あるとき彼女から、定期報告のさいに聞かされた。

「シディチャムはそのかぎりではないな」と、わたし。

「それも本当の名前じゃありませんよ」ニッキが笑う。「ベングエルが名乗るのは〝角笛吹き〟とか〝夜に〟とか〝高潔な者〟とか〝要注意〟とか〝逃げろ〟とか、そんなのばかり。ただ、それがかれらの能力や気分や性格をあらわすことはめったになく、ほとんどは無意味な仮名です。ウォルロン＝ベングエルの発音はとても不明瞭だし、とくに固有名を口にするときは言葉をのみこんだり、まったくべつのことをいったりするので、トランスレーターもうまく翻訳できません。シディチャムという名だって〝失礼する〟という仮名のつもりかもしれない。リーダーとはいえ、なにを考えてるかわからないベングエルの一員に変わりないんですから」

そこでわたしはララにいった。

「ワリキにはまったく失望させられたよ」

彼女は心配そうな目をしてうなずき、

「そのようですね。でもジンバブエだって、黄金に恵まれた神の国プントではありません」

「ここでずいぶん時間をむだにした。もう充分だ。《バジス》に向かって飛ぼう」

「それはオーグとダオ・リンに申しわけが立たないのでは」と、よく知った声がした。ベネカー・ヴリングである。ロボット整備を専門とする〝歩く案山子《かかし》〟の声を聞くのはずいぶん久しぶりだ。

「これはまた、カルタン人弁護のために絶妙なタイミングで隠遁所から出てきたもんだな」わたしは辛辣《しんらつ》にいった。「いままでどこに引きこもっていた？」

ヴリングは骨張った肩をすくめ、あっさり答えた。

「ロボット整備スペシャリストはつねに忙しいのです」

「それでもよけいな口出しをするひまはあるわけだ」わたしはぷりぷりしながら、「ひとついっておくぞ、ベネカー。カルタン人がこちらの離脱を気にいらないというなら、勝手にさせておけ。われわれ、もうここに用はない」

ニッキ・フリッケルがまた連絡してきた。そのホログラム映像を見ると、色とりどりの衣装を身につけて居心地悪そうなベングエルたちにかこまれている。

「かれらの好意で、わたしもウォルロンの伝統衣装を着せてもらいました」と、張りきって報告してきた。「飾りつけ、紋章、かたちや色使い、すべてに決まった意味があるんですって」

「ずいぶん楽しそうだな。仮装舞踏会か」と、わたし。

「わかってませんね！」すぐさま反論がくる。「でも、もうすこしだけ待ってください。この衣装を身につけた者は特別な集団のメンバーとみなされるの。天文学という唯一の総称のもとに集《つど》うメンバーです。ベングエルは熱意ある天文学者の集まりなので」

わたしは当意即妙に返した。

「道具も使わずに天体観測や天文学的計算をやってのけるとは、かれら、よっぽど鋭い視覚器官とコンピュータ並みに精密な頭脳の持ち主だな」

「話にならないわ」ニッキが文句をいう。「ベングエルは天文学に見切りをつけたんですよ。かつてはそれが生きがいだったはず。だけどいつか、宇宙の謎を解き明かしたいと思えるような出来ごとが起きたのね。これは粘り強く調べる価値があると思います」

その言葉に周囲のベングエルたちは注意深く耳をかたむけている。トランスレーターが翻訳もしたはずだ。しかし、かれらの反応はなかった。

「わかったよ」と、わたし。「あと半日だけ待ってみよう。わたしもベングエルと話をしたいし」

ニッキはウィンクをよこし、ホログラムは消えた。

ララが同行したいと申しでる。《シマロン》の外ではひいひいおじいさんのアフリカの知恵を口にしないという条件で、わたしは了承した。

「きみもいっしょにくるか？」と、ベネカー・ヴリングに訊いてみたが、かれは手を振り、弁解がましくいった。

「船内でやることがたくさんあるので」

「ロボット霊園建設のための開墾作業でもしているのか。本当の理由はなんだ？」

「ワリキに行ってもあらたな知見は得られません」

「なぜそういいきれる？」

「まだ時が訪れていないから」

ロボット整備スペシャリストが去る。わたしはその背中に向けて〝シディチャムのところでベングエル流の話しかたでも習ったのか〟と、どなってやろうかと思ったが、やめた。そんなことをして、なんになる？

《バジス》に行けば、あのヴリングがどういう輩なのかわかるだろう。ネーサンに問い合わせた人物評価も、そろそろとどいているはず。結果を見るのが楽しみだ。

われわれは五機ある搭載機のなかから、超光速エンジンのない惑星フェリーを選んだ。ララが女性要員をふたり、操縦士と副操縦士だといって連れてくる。意図的な人選にちがいない。女三人に男ひとりとは。

スタート直前になって、グッキーが機内に実体化した。むくれながらこちらを見まわし、がみがみいう。

「だれもぼくを誘おうとは思わなかったのかい、ふん！　このぼくをいきなり無視するなんて、いったいどういうことさ？」

「ゾウは自分のからだにいるノミには気づかない」ララの格言だ。

「鼻が九本あるゾウだっていないぜ」グッキーがいいかえす。「でも、それに対してはこういうんだろ。すべてのゾウには鼻が九本あるって」

さいわい、このやりとりはそれ以上つづかなかった。ララが降参したから。そんなわけで、グッキーも惑星地表にテレポーテーションする。

だが、イルトがくわわったところで、ワリキへの寄り道が胸躍るものになるわけではなかった。

＊

われわれはベングエル船団の着陸場所の中心に向かい、大きめの球形セグメントの近くにおりた。

地面は黒く焦げている。ベングエル船の着陸前の制動噴射ですべて焼きはらわれたようだ。

われわれの機が見えても、ベングエルたちにはあわてるそぶりもなかった。こちらが頭上付近まで近づいてようやく、場所を移動しはじめる。

「わたしたち、じゃまなのかしら？」大柄でブロンドの女操縦士がいった。ララから聞いた名前はミッツァ・ヴォーゲラ。副操縦士のほうはサンドラ・マイロで、細身だがまるで女性らしくない体形だ。ここまでくるあいだ、ひとことも発していない。

「あなたたちふたりはこの球型船のそばにいなさい」ララは命じた。「なにか気になることがあったら通信で連絡するように」

「了解」と、ミッツァ。サンドラもかすかにうなずく。

わたしとララは降機した。どちらも軽コンビネーション姿で、パラライザーを携帯している。ただの習慣だ。非常用装備と反重力装置をそなえた背嚢《はいのう》で可動性を確保。

ベングエルはわれわれをまったく気にかけていない。灰褐色の袋みたいな衣服をまとっている。頸もとは閉じているが、毛の生えた腕はむきだしで、丈は膝までだ。武器や道具の類いはだれも持っていなかった。目的もなくぶらぶらする者、数名で集まって立つ者、すわっている者……どこを見ても、楽しげに散策したり論じ合ったりするようすはない。会話すらしていない。

わたしはそばを通ったベングエルのグループにカルタン語で話しかけた。振り向いたのは一名だけだ。

「わたしはレジナルド・ブル。《シマロン》という船からやってきた」まず自己紹介し、訊いてみた。「きみの名は？」

「〝藪のなか〟と呼んでくれ」甲高い声が返ってくる。

「でも、それは本名じゃないわよね？」ララがたずねた。

ベングエルは身をこわばらせ、逃げようとした。わたしはすかさずその腕をつかんで引きもどす。

「心配するな、本当の名前を聞きだす気はないから」と、なだめるようにいい、相手の大きな黒い目をのぞきこんだ。「きみたちのリーダーの居場所を知りたいだけだ。シディチャムはどこにいる？」

「わからない」と、ベングエル。「われわれ、シディチャムに目的地まで連れてきてもらった。あとのことはどうでもいい。かれの船ならあそこにある」

ベングエルが指さした先には、ちいさめの三物体のうしろに大きな構造物があった。細いほうの先端を切りとった洋梨みたいな形状で、全長は二百メートルほど。着陸脚六本の上に直立し、両サイドからは鉤爪のようなかたちの連結装置が突出している。単純だが非常に機能的なメカニズムだ。

ふたたび視線をもどすと、すでに〝藪のなか〟は大勢の仲間にまぎれていた。

「非協力的ですね」ララがきっぱりいう。

「あそこまで行くぞ」われわれは上昇し、ベングエルたちのすぐ上を飛翔した。数名がこちらを見あげたものの、とくに興味もしめさない。

「なんてつまらない連中なんでしょう」と、ララ。「どうすればかれらを活気づけられるのか、わたし、ずっと考えてたんです。急《せ》きたてて、動くようにさせたいわ」

「ばかなことをするなよ」わたしは警告した。「まずはリーダーと話してからだ」

指揮船の巨大な着陸脚が見えてきた。われわれはその近くに着地する。ベングエルたちが無気力にすわりこんで輪をつくっていた。みな無表情で、自分以外の者がいることすら気づかないように見える。こちらが近づいても、わずかに頭をあげるだけ。

「こんにちは。《シマロン》からきたテラナーよ」ララが明るく話しかけた。「あなたたちのなかに、シディチャムの船の要員はいる？　もしいるなら出てきてちょうだい。リーダーの居場所を教えてほしいの。話がしたいので」

まったく反応なし。まるで、いまの言葉が聞こえなかったみたいだ。

わたしはほかの者より若い印象の一ベングエルを見つけ、その前にかがみこんだ。

「きみの名前は？」

相手はこちらを見ることなく答えた。

「ああ、名前か……じきに本当の名前で呼ばれるようになる。早くそうなるといいな。みんなその時を待っているんだ」

「では、それまできみをなんと呼べばいい？　わたしのことはブリーと呼んでくれ」

「ウロウロ」ベングエルの若者は、変声期のようなかすれ声で応じた。「そう呼んでいいよ……ブリー」

「よし、ウロウロ」わたしは立ちあがり、「熱い粥《かゆ》のまわりを〝うろうろ〟するようなもったいぶったことはせず、単刀直入に訊くぞ。シディチャムはどこにいる？」

「あなたたちの二名といっしょに草原へ出かけた」と、ウロウロ。

「その二名はわたしのような外見だったか？」

「そうだね……似ているけど、まったく同じじゃない。ぼくとあなたが似ているけどちがっているように」煮えきらない返事だ。こちらの質問にできるかぎり正直に答えようと努力しているのは伝わってくるが。

「シディチャムに同行したのはカルタン人か？」と、訊いてみる。相手がひとことで答えようとしているのがわかったので、こちらもストレートな表現を使うことにした。

「ひょっとして、ダオ・リン＝ヘイにオーグ・アト・タルカンという名前では？」

「名前は知らない」ウロウロは残念そうにいったのち、熱心につけくわえた。「でも、たしかにそう呼ばれていた。あなたのいうとおり、ダオ・リンとオーグだ」

「かれらを追いかけたいのだ。ついてきてくれるか？」わたしはそうたのみ、「歩いて長い道のりを行く必要はない。きみに翼をあげよう」

ウロウロは立ちあがったが、どうしようかと迷っている。わたしはララに合図すると、ふたりして若者の腕を一本ずつつかみ、反重力フィールドで地面から浮きあがらせた。

「飛ぶのは恐くないよな？」と、ベングエルにたしかめる。

「大丈夫。なんともない」ウロウロは退屈そうな同族たちの頭上を浮遊しながら、どこか楽しげだ。わたしはかれに、ほかのベングエルとはまったくちがう印象をいだいた。

「ニッキ・フリッケルに通信連絡をとりました」飛翔中にララがいってきた。「彼女は着陸場所の北端にいるので、きっとこちらの姿が見えたはず」

「まずはオーグとシディチャムを探そう」

われわれはさっきのベングエル船をあとにして、焼きはらわれた着陸場所の境界をこえ、ほぼ前人未到の草原の上を飛んでいった。だれかの踏んだ跡が道になっている。それをたどっていくと、やがてふたつのグループを発見。

ひとつは五十名ほどのベングエル集団だ。人の身長を超える高さのシダ植物をかきわけて進んでいく。

もうひとつのグループを構成するのはわずか三名。そのうち一名はすこしはなれた場所にいる。ダオ・リン＝ヘイがオーグ・アト・タルカンとシディチャムに敬意を表し、やや遅れて歩いているのだ。

「恐いよ、恐いよ！」突然、ウロウロが叫び、われわれの手を振りほどこうとした。

「お願い、もどって！」

われわれは三名から三十メートルはなれた場所に着地。

「急にどうした、ウロウロ？」わたしは訊いた。「恐がる理由はなにもない。あれはきみの知らない相手じゃないぞ。シディチャムとその友だ」

ウロウロはかたい地面の上におりて安心したのか、ようやくまともに話せるようになった。

「だめなんだ」と、不安げにいう。「仲間のところへもどらないと」

「シディチャムのあとをつけたから、罰を受けると思ってるのね？」ララは訊いた。

「わたしたちにまかせて。なんとかするわ」

「ちがう、そうじゃない」と、ベングエル。「つまり……われわれはたくさんいるが、それでも孤独で……だけど、たくさんいる……なのに、ぼくはひとりぼっち！」

かれがなにをいいたいか、わかった気がした。ウロウロは同族のそばにいなくてはならないのだ。集団でいるときだけ、安全で孤独じゃないと感じられるのだろう。

「ララに連れて帰ってもらおう、ウロウロ」わたしはかれを安心させるようにいった。

「だが、その前にひとつ教えてくれ。ひとりより集団のほうが孤独に耐えられると思うのは、なぜだ？」

若いベングエルが返答に困っているのが見てとれる。それでもどうやら、納得できる答えを思いついたらしい。

「集団のなかにひとりでいても、それは孤独じゃない……ひとりぼっちじゃないし、みんなとはなれてもいないから。ひとりぼっちになるのはいやなんだ」

「つまり、仲間たちとはなれたら孤立したように感じるのね？」と、ララ。

「そう、そうだよ」ウロウロは熱心に答える。「孤立には耐えられない。恐いんだ！」

「わかった。ララがきみを連れて帰る」わたしは彼女を説得するように目くばせして、つけくわえた。「彼女が親切に面倒を見るから大丈夫。そうだな、ララ？」

「わかりましたよ」ララはむっとしている。「わたしにノミを押しつけ、自分はゾウを相手にする気ですね。それって……」

ありがたいことにこの瞬間、グッキーが実体化した。おかげでララはそれ以上わたしに意見できなくなる。

ララはウロウロを脇にかかえ、ベングエルの着陸場所へと飛翔していった。

「ちょうどいいところにきた、ちび。手伝ってほしい」わたしはグッキーにいった。「シディチャムから情報を入手しようと思う。テレパシーで掩護《えんご》してくれ」

ネズミ＝ビーバーは疲労困憊しているようだ。

「あんまり期待しないでよね」と、ひとこと。「ここにきてからずっと、ひたすらベングエルをテレパシーで探ってんだよ。でも、相いかわらず連中、言葉どおりのことしか考えてないんだ。完結とか、成熟の時とか、イマーゴとか……あと、ここ歓喜の地で完結が実現したら、そのときついに本当の名前で呼ばれることとか。それでも、なにひとつ具体的な話は出てきやしない」

「きみはいままでノミにかかずらってたのさ。ここからはゾウにとりくもう」わたしはそういってかれをなぐさめた。

5

草原の草をかきわけて、ダオ・リン＝ヘイがわれわれの前に姿を見せた。

「オーグ・アト・タルカンと友の平安をじゃましないでもらいたい」と、怒りの視線を向けてくる。手に持ったブラスターが彼女の本気を告げていた。

「われわれはただ、ふたりと話がしたいだけだ」

「かれらはなにも話さない。話すことなどないのだ。いま、言葉は意味をなさない。言葉があってもなにひとつ変えられないし、状況を説明することもできない。お願いだから、オーグ・アト・タルカンと友をわずらわせないでほしい」

その口調はとても〝お願い〟に聞こえなかった。彼女の態度には、どんな手段を使っても自分の意志を押しとおすという決意があらわれている。

なぜダオ・リンがこれほどかたくなな態度をとるのかわからなかった。われわれは友だし、こちらにはなんの悪意もない。拒絶するなどナンセンス。わたしは憤慨し、怒りを爆発させそうになった。ところがその前にグッキーが、

「ぼくら、オーグやシディチャムと話したいといっても多くを要求してるわけじゃないんだよ」と、なだめるように割りこんだ。「とにかくブリーはオーグのたのみを聞いて、この惑星に寄り道したんだ。事情を説明してもらう権利があると思うけどな」

「残念ながら、言葉では説明できないのだ」ダオ・リンはさっきより抑制した声でいう。「実情を受け入れ、ものごとをあるがままに受けとめてもらうしかない。あなたがたに秘密を洩らすことは、オーグ・アト・タルカンにはできないので」

「ぼくに対してもかい？」グッキーがおどけて訊いた。

「かれの心の声を盗み聞きするつもりなら、断固わたしが阻止する」ダオ・リンはこんどは、わたしに話したときと同じ鋭い口調で応じた。「そんなことは……」

「なんの騒ぎだ？」男カルタン人の声がして、ダオ・リンの背後からオーグ・アト・タルカンがあらわれた。背筋をのばし、誇り高くこうべをあげて。《マイ＝キ》で見たときのような老衰した印象はまったくなく、生命力に満ちあふれている。まるで細胞活性装置をどこかで手に入れ、生きるエネルギーを得たかのように。

じゃまが入って機嫌をそこねたらしく、苦々しい表情だったが、グッキーとわたしを見ると顔をほころばせ、

「歓喜の地へようこそ」と、挨拶した。武器を手にしたダオ・リンを叱るように見て脇に押しやり、「ベングエルの友とわたしの仲間にくわわりたいのか？　訊きたいことが

たくさんありそうだな。切実な質問の数々が。そうだろう？　だが、あまり期待するな。まだ答えられないのだ。答えはまだ……生まれていない」

オーグ・アト・タルカンはそういい、お手あげのしぐさをした。この表現にはかれ自身も満足していないが、もっといい言葉が見つからないといいたげに。

それからわれわれを手招きし、グッキーにいった。

「ここに〝ラクノル〟すなわちタブー領域はない。われわれの思考を自由に読んでいいぞ。秘密はなにもないから」

＊

シディチャムはほかのベングエルと同じく、シンプルな衣服を身につけていた。ニッキ・フリッケルが映像通信で見せたような色とりどりの飾りつき衣装ではない。

これは、〝われらベングエルは初心に立ちかえり、簡素なものに価値をおく〟という意思表明だろう。外見を飾りたてる虚栄の時は終わったということ。いまあるのは、おのれの姿のみ。本当の名前で呼ばれたときにはじめて、ベングエルはふたたび自分自身になれる……

これはもちろん、わたしが勝手につじつまを合わせた筋書きだ。シディチャムが種族やウォルロン＝ベングエルの状況を自分で説明したわけではない。かれはただ、そこにあぐらをかいて、こちらを親しげに見つめるだけ。その目にはなんのこだわりもないと同時に、特別な興味も浮かんでいない。だからこそ、わたしは何度もかれの態度を誤解してきたのだ。基本的にまちがっていないのはたしかだが。

「われわれ、きみの要請にしたがって歓喜の地へやってきた」わたしは挨拶がわりに口を開いた。「そしていま、ここワリキにいる。このあとはなにが起きるんだ、シディチャム？」

　オーグ・アト・タルカンがわれわれに、低い草の上にすわるようもとめる。こちらがしたがうと、かれもわたしとグッキーのあいだに腰をおろし、

「待つのだ」と、満足げにいった。「待つことは苦にならない。わたしにとっては、数千年も一日と同じ。あと数日くらい辛抱できる」

「それで思いだしたが」わたしは口をはさむ。「《マイ＝キ》でわたしに予言したことをおぼえているか、オーグ？　力強き者がわれわれを待っている、といったな。われわれに語りかけ、メッセージを送ってくると。あなたはそれを待っているのか？　あるいは、すでにメッセージは送られたのか？」

「すべてを言葉どおりに受けとってはならない、レジナルド・ブル」オーグ・アト・タルカンは明るく答えた。「ただ、わたしがいったことの意味はそのとおりだ。メッセージもたしかに受けとった」

「エスタルトゥから?」そう早口で訊いたわたしは、グッキーがどこか痛いように身をよじるのを目の端でとらえた。露骨な表現が気にいらないのだろう。

どのみち男カルタン人に答える気はなさそうだ。かわりにグッキーがいった。

「あんた、めちゃくちゃに引っかきまわしてるよ、ブリー。率直に話せない事情ってのが、オーグにはあるんだぜ。かれが口にしない意味を聞きとらなくちゃ」

「わたしはきみみたいなテレパスじゃないからな。のびていく草がよろこぶ声を聞くことはできん」と、噛みついた。「だったら、きみが聞きとってわたしに教えろ。オーグのいう力強き者はエスタルトゥか? エスタルトゥはかれにもう語りかけたのか? それとも、これから語りかけるのか? 明確で簡潔な答えがほしい」

「無理だね」イルトはあっさりいった。「そのどれにも、きっぱりノーと答えることはできない」

「だったら、それほど簡潔に答えなくていい」わたしは条件をゆるめた。「ノーにどんな修飾語がつくんだ?」

「力強き者と口にするときのオーグは、エスタルトゥのことを考えてないよ。それに、シディチャムはそもそもエスタルトゥの名前を聞いたことすらない。ただ、ふたりとも共通して考えてるのは、自分たちを導くポジティヴな力の存在だ。その存在のおかげで完結が実現して成熟の時がくる瞬間を、かれらは待ってる」

わたしはオーグ・アト・タルカンからベングエルに視線をうつした。両者とも、グッキーのいうとおりだという顔をしている。シディチャムはいった。

「いくつかの〝パーツ〟がワリキで組み合わされ、シグナルが生じるのだ」

「で、それがわれわれにどう関係してくるんだ？」と、わたし。「きみはそもそも、なぜ見ず知らずのわれわれに、ワリキに行けと要求した？」

「たぶん、なにかのミスだろう」オーグがいい、しばし間をおいてからつづけた。「シディチャムとウォルロン＝ベングエルは、きみたちをだれかとまちがえたのだと思う」

「こちらははっきり姿を見せたのだぞ。弁解の余地はないはず」

「いかなるものも、その外見どおりではない」と、シディチャム。わたしにはそれが実際、ラランド・ミシュコムの声に聞こえた。彼女が現実の価値について哲学的思索をめぐらせるとき、口にしそうな言葉だ。前にララがいった格言が頭に浮かぶ。〝子供と愚者と賢者にとり、象牙《ぞうげ》を彫刻したゾウはそれぞれちがって見える〟というものだ。どうちがうのかとだれかが質問すると、彼女はこう答えた……子供にとってはおもちゃ、愚者にとっては高価な装飾品、賢者にとっては創造力だと。

われわれのうち、だれが子供でだれが愚者でだれが賢者なのか？　なんとなく、愚者はわたしだという気がする。

「イマーゴがあらわれる前とは、なにもかもがちがう」シディチャムがまた哲学的な発言をした。

「イマーゴとはなんなのだ?」物思いを破られて、わたしは訊いた。「きみや種族やウォルロン＝ベングエルにとり、イマーゴという語はなにを意味する? 説明してくれ、シディチャム」

「イマーゴはわれらを完結に導く力だ」ベングエルは即座に答えた。「イマーゴはわれらの理想。ゴールに到達する道をしめし、完結の地へと導いてくれる。イマーゴが誕生したその瞬間、成熟の時の前ぶれが告げられたのだ」

「それはすばらしい」わたしは相槌《あいづち》を打ち、「だが、もっと具体的にたのむ。イマーゴとは理念なのか、精霊みたいなものか。あるいは血肉からなる生物か?」

「そこまで訊かれたらシディチャムには荷が重いぜ」グッキーが割りこむ。オーグ・アト・タルカンもうなずいた。「かれの思考を読んだけど、こういうことさ……イマーゴはすべてであり、同時になにものでもない。イマーゴはイマーゴ。現実なのに理解不能で、化身でも具象でもあり、肉体的かつ精神的な存在だって」

「つまり、イマーゴは肉体を持つ姿で登場するわけか?」わたしの質問はシディチャムに向けたものだ。

「もちろん」ベングエルは上機嫌でからかうように答えた。「イマーゴは見ることも触れることもできる。話もできる。ただ……」

「外見はどんなだか表現できるか？　ベングエルの姿であらわれるのか？」

「いや、ベングエルではない」

「ハウリ人の姿か？」

「いや、ハウリ人では……」

「オーグに似ている？　つまり、イマーゴはカルタン人なのか？　カルタン人の姿であらわれるのか？」

「まったくちがう。なぜイマーゴがよりによって……」

「だったら、いったいどんな感じなんだ？」

「それなら容易に表現できる」シディチャムの黒い目が晴れ晴れと輝いた。「イマーゴは神々しい。偉大で美しく強い。勇敢で賢明で決断力があり、善良で公正。全知全能で、あらゆるところに顕在《けんざい》する。これらすべてを合わせてもまだたりない存在が、イマーゴなのだ」

「外見の話をしているんだ」わたしは語調を強めた。「イマーゴは九つの鼻を、いや、頭を持つヘビなのか？　翼はあるのか？　脚は八本、あるいは二本？　腕は？　大きさはどれくらい？　鱗や毛皮におおわれているのか、それともわたしみたいに皮膚があるのか？　頭がひとつに口、鼻、目や耳……ほかになにがいくつある？　そういう基準でイマーゴの姿を描写できないか？」

シディチャムは虚空を見つめている。わたしの言葉が聞こえたのだろうか。

「やりすぎだって」グッキーがとがめる。「わかんないの？　ベングエルにとって、イマーゴは後光をはなつ神的存在なんだ。その全能性を外見で描写するなんて、できっこないよ」

「グッキーのいうとおり」と、オーグ・アト・タルカン。「きみにコスモクラートの外見を描写しろというようなものだ」

「わたしはコスモクラートに面と向かって会ったことがないんでね」

「そんなのわかるもんかい」グッキーだ。「シディチャムだって、イマーゴがだれかの人格をまとってあらわれたときに、その存在を感じとっただけかもしんないぜ」

わたしは手を振って否定のしぐさをし、

「どうでもいい。ベングエルの崇拝対象の人相書きがほしいわけじゃないんだ。わたしがなにより知りたいのは、どうしてシディチャムが最初われわれを見て、ベングエルが歓喜の地で落ち合うはずの相手だと思ったかということ」

「それは容易に説明できる」と、オーグ・アト・タルカン。「わたしはシディチャムと言葉を用いない手段で会話し、部外者には説明できない多くのことがらについて意見の一致をみた。にもかかわらず、なぜその点でミスが起きたか、納得できる説明がかれにはできなかった。したがって、答えはかんたん。ベングエルはここで自分たちが落ち合うはずの相手を知らないのだ」

「未知者とのランデヴーってわけか」わたしは皮肉を飛ばす。「だが、それは真実の半分でしかない。われわれはひとつの件について一致している。われわれとは、その未知者とベングエルと……わたしだ。わたしはサインを見て、メッセージを聞いた。それを信じる。きみたちは信じていない。とくにレジナルド・ブル、きみは。だが、ベングエルには前もってそれがわからなかった。いまなら、この地でよろこびをともにする相手はきみたちではないと判明したわけだが」

「だったら、なにもかも時間のむだだったな」

「そうではない。きみが忍耐をもって力強き者の言葉を待てるのなら」

わたしは決意して立ちあがり、

「好きにしてくれ、オーグ」と、いった。「だが、われわれはあと半日だってここにとどまるつもりはない。行くぞ、グッキー」

ネズミ゠ビーバーはためらったが、しぶしぶ立ちあがった。残念そうに男カルタン人とシディチャムに別れを告げ、わたしについてきながら、うしろから罵声を浴びせる。

「本当にわからず屋だね、ブリー。いまにもここで、すごいことが起きるっていわれてんのに、あんたの考えることときたら……」

「……ハウリ人の脅威だけだ」わたしはあとを引きとった。ここを去る理由を明確にするために。ダオ・リン＝ヘイのそばを通りすぎるさい、とりなすように声をかける。

「われわれの会話をもっとじゃましてよかったのに。それで手間もはぶけただろう」

「そうか？」さげすむように彼女はいった。「すべてを知る賢者の言葉にもっと耳をかたむけるべきだったと思うが、レジナルド・ブル」

「ジャンプをたのむ、ちび」わたしはグッキーにいった。「きみにはそれをする責任があるぞ」

「へえ、そうかい！」イルトはわたしがさしだした手をとった。テレポーテーションするには身体の接触が必要だから。「ぼかあ、あんたと絶交したい気分だけどね。乱暴な口調でがみがみいって、なにもかもだいなしじゃんか。でも、その図太い神経はどうにもならないんだろうな。どこへ行きたいのさ？」

「ララと、彼女が保護している若いベングエルのところへ」

*

そこではふたつの出来ごとが起きていた……ひとつは心温まるもの、もうひとつは気分がふさぐもの。そのあと、三つめの非常事態が発生したのだ。それは、ほかのすべてが見劣りするほど衝撃的な出来ごとだった。

だが、とりあえず順に話していこう。

グッキーとわたしがラランド・ミシュコムの近くで実体化したとき、彼女とウロウロは活発に会話していた。〝ノミ〟を押しつけたとどなられることを覚悟していたが、ララはわたしを責めるどころか、ウロウロと話す機会を得られてよろこんでいる。

「ウロウロと友情が成立しました」と、ララ。「かれは純朴で若くて意欲的だし、ほかのベングエルみたいにだらだらしていません。ベングエルたちは最近まで占星術にもとづく天文学に従事していて、ウロウロはその訓練生みたいなもの。はっきり言葉でいったわけじゃないけど、ベングエルは惑星に居住するたびにそこで天体観測をして、星々が消えるのを……つまり、ハンガイ銀河がべつの宇宙に遷移するのを……待っていたそうです。そこまではたしかですが、実際に遷移が起きたとき、かれらはそれに気づかなかった。自分たちの観測機器では星々が消えたことをとらえられないから。この事実を知ってベングエルたちがどれほどフラストレーションを感じたか、想像できますか？　そのショックがあまりに大きくて、かれらは生きがいを失い、いわば禁欲主義者になってしまったんです」

「きみはこういいたいのか……ベングエルの天文学は、ハイパーテクニックを使わないものだと？」わたしは啞然とした。「しかし、かれらの宇宙航行についてはどうだ？　数光年を翔破する技術を持ちながら、その距離を計測できないとは。どんな航法を使っているんだ？」

「船の技術機器は天文学のために使うものではなく、たんに宇宙放浪の手段にすぎません。一方、天文学はかれらにとり生きがいで、神話的な意味を持つんです。言葉にはしていませんが、信仰といってもいい。しかし、それもすべて不要になりました。イマーゴがあらわれて、時が満ちると告げたから」

「イマーゴがどういう存在なのか聞きだせたか、ララ？」わたしは訊いた。

「ウロウロが相手では無理ですね」彼女の答えだ。「じつのところ、そんな話はしませんでした。わたしには現実的問題のほうがだいじなので。宇宙船に話をもどすと、どう見ても建造者はベングエルではありません。かれらには技術的素養がなく、整備すらまったくできない。高度技術を持つべつのハンガイ種族から提供されたのでしょう。どうやら、ベングエルは一種の寄生生物ですね。どこかの惑星を訪れては数世代のあいだ住みつき、星々のお告げがあれば引きあげる。すくなくとも、これまではそうでした」

「で、いまは？」

「成熟の時がくるのを待っています」

「ウロウロはそれについてどう理解している？」

「わたしもよくわからないのですが、かれらが最近まで住んでいた惑星ウォルロンで、それに関連する出来ごとが起きたようです」ララは額に皺をよせ、仲間のもとにもどって安心している若いベングエルに向きなおった。「ウロウロ、説明してくれる？　ウォルロンでなにか、種族の数が激減するようなことが起きたのよね？」

「われわれ、いまの倍はいたんだ。でも、半数の者が自我をなくしてしまった」若者は答える。「ぼくも……本当の名前で呼ばれたら、よろこんでそうなったかもしれない。だけど、ならなかった。ぼくやほかの者にのこされたなぐさめは、歓喜の地に招喚されること。だから、それを待った」

　ララがつづけて、

「その招喚者がわれわれだと、ベングエルは思いこんだのです。理由はわかりません。全体的見解ではミスだと判明しましたが、ウロウロはそれに同意していない。かれはわたしたちを……つまり、わたしを……特別な存在として見ています」

　わたしはウロウロを見て納得した。まさにララを崇拝しているようだから。

「もしや、かれにも例のアフリカの格言を聞かせたんじゃあるまいな？」

「あくまでセラピーの一環として」ララは弁解した。「表現しがたいことを伝えるのに、美辞麗句のたとえ話を用いただけです。たとえばイマーゴの話をするときにゾウの彫刻を持ちだしたり……ゾウは大型動物と同義ですから」

「われわれはゾウの上にいるノミ。ゾウを見ることはできない」ウロウロがうっとりしたようにいう。「一頭のゾウは数百万匹のノミを運べる。だが、ノミが何匹いたらゾウ一頭を運べるのか？」

　まるで詩を朗詠するような〝生徒〟の言葉に、ララは居心地が悪そうだ。そのためか、急いで話題を変えた。

「あなたがたはランド・アルファの廃墟に行ったんでしょう。あれはベングエル居住地のなごりだと思いませんか？　たぶん、原住種族のトカゲに脅されて追いはらわれたんですよ……ベングエルは戦いを好まないから。森に住む樹上生活者はきっと、ここを引きあげた星間放浪者たちの退化した子孫です。そう考えたらつじつまが合う」

「かもしれんな」わたしは同意したものの、その件を深く考える気はなかった。未開種族のことで頭を悩ませる必要がどこにあるのか。「六時間後にスタートする。カルタン人が同行しようとしまいと」

「準備できています」と、ララ。「それまでの時間は友とすごすことにしましょう」

「あなたは本当にぼくの友なの、ララ？」ウロウロが訊いた。

「わたしたち、もっといい友になれるわ、あなたが本当の名前を教えてくれたら……」

「こっちきて、ブリー！」グッキーが叫んだ。「早くもどんないと、とんでもない騒動になっちゃう。興奮しないでよ、でぶ！　ニッキが呼んでるんだ。あんたがララと話しこんでるあいだに連絡がきた。なんか、すごく困ったことが起きたらしいぜ」

「ブリー！」ニッキ・フリッケルの声がわたしの通信装置にもとどいた。「助けてください。なんとかしてとめなくちゃ……こんな非人道的で野蛮なこと……お願い！　いま、北西方向にある森のへりにいます。搭載機があるからわかるはず。急いで、ブリー、そうしないと……」

　そこで接続が切れた。もう一度つなごうとしたが、できない。

「ぼくらも搭載機を使ったほうがよさそうだ」と、グッキー。われわれがテレポーテーションでもどると、ブロンドの大女ミッツァ・ヴォーゲラはなにもいわずに機をスタートさせた。

＊

　ニッキのいった森のそばにきてみると、危険な光景がくりひろげられていた。

　最初に目に入ったのは、森のへりに着陸している一ベングエル船だ。球形に近いものの、船殻には角が六つあり、連結装置が突きだしている。そこから三百メートルほどはなれたところに《ソロン》のスペース＝ジェットがとまっていた。

　ベングエル船とスペース＝ジェットのあいだに、セラン姿のヒューマノイドがふたりいる。そのふたりが、ちょうど下船してきたベングエル十数名の足もとに向けて武器を発射していた。

　どうしてそんなことになったのか。あとでニッキから聞いた事情は、以下のとおりだ。

ニッキとスプリンガーのナークトルは、われわれと似たような経緯でベングエルたちと会話していたらしい。ベングエルは友好的かつ協力的で、屈託なくあれこれ話してくれた。ニッキとナークトルがかれらの船に入ってその設備を見まわることにも、異議を唱えなかったという。

「それについてはのちほど報告します」そうニッキはいったが、要約すると、ベングエルの技術はかなり時代遅れとのこと。テラ技術にくらべて劣るのはもちろん、カルタン人のハンガイ技術にもおよばないらしい。それればかりか、なにもかも老朽化していて、徹底的なメンテナンスが必要だとか。だが、それはどうでもいい。

ニッキとナークトルが見てまわったベングエル船はいずれも無人だった。乗員はみな外に出ていたから。

ところが、無人でない船が一隻だけあったという。いま森のへりに着陸しているセグメントだ。

ベングエルたちは最初、その船にニッキとナークトルが入るのを拒んだらしい。ただ、異人をなかに入れてはならない明確な理由については説明しなかった。はっきり禁止されているともいわず、かれらはただ、ニッキの注意をその船からそらそうとした。そうなると、ますます興味が湧くのは当然のこと。

ニッキはおとなしいベングエルたちを言葉巧みにいいくるめ、その船に乗りこんだ。

だが、そんな自分のしつこさをすぐに後悔することになる。

その船は、療養所を兼ねた産院だったのだ……ニッキにいわせると精神科病棟だが。そこで分娩の時を待っていた女ベングエル数十名のうち、一名の出産シーンを目撃してしまったらしい。そのさい、母親の心情を感じとったのだろう。ニッキの口調から、わたしはそう結論した。

自分がベングエルのタブーをおかしたのだと知り、ニッキは困惑した。ギャラクティカーにとって出産はしごくあたりまえのいとなみだが、ベングエルにとっては神聖な儀式だったのだ。

そんなわけで、ニッキは恥じ入って退出しかけた。ところが、出産を終えたばかりの女ベングエルが発作を起こして昏睡状態になり、どこかへ連れていかれたのに気づく。船内の別セクションでは女たちが隔離室に入れられ、狂気に似たその叫び声があたり一帯や通廊に満ちていた。そんな部屋のひとつをのぞいてみると、動物のごとく暴れている女ベングエルが七名いたらしい。そのうち三名の腹には、まだ生々しい傷があった……出産の切開痕だ！　このことからニッキは、出産のさいに精神を病んでしまう女が多いのだと推測する。

タブーに抵触すると知りながらも、彼女はこれについてほかのベングエルと話し合おうとした。できれば助力したいと思って。しかし、いっさいとりあってもらえなかった。

この件はかれらにとり、変えることのできない運命なのだという。のれんに腕押しだったが、やがて産院船が森の方向へスタートしたのを見たニッキはスペース＝ジェットであとを追い……そこへちょうどわれわれがやってきたわけだ。

わたしとグッキーは搭載機を降り、セラン姿のニッキとナークトルのもとへ行った。われわれが防護服を着用していないのを見て、ふたりは個体バリアをオフにし、ヘルメットを開く。

「はげしい戦いになると思ってこっちは準備したんです」ナークトルがいった。「なのに、まぬけなベングエルは防戦すらしてこない」

「かれら、子供を産んだばかりの母親をほうりだそうとしてるんですよ」ニッキがいきり立つ。「まるで未開人じゃないですか！　ベングエルたちにとっては大昔からの慣習かもしれないけど、見すごせないわ」

「ベングエルの母を助ける救世主ニッキというわけか」わたしはいい、おちついた声でつづけた。「なにを考えている？　武器による暴力でベングエルの社会構造を正そうというのか？」

「なぜかれらは母親を子供から切りはなしたあげく、森にあっさり捨てるんです？　確実に死ぬことになるのに」

「わたしが訊いてみよう」そういって、船のエアロック付近に茫然と立ちすくんでいるベングエルたちのもとへ向かう。

グッキーはニッキとナークトルのところにとどまった。わたしが話をするあいだ、ベングエルの思考を読んでくれるだろう。それでニッキの誤解も解けるかもしれない。

「レジナルド・ブルだ」と、自己紹介した。「きみたちのうち、代表者は？」

ベングエルたちはたがいに見かわしていたが、やがて一名が思いきったように前に出た。

「わたしはペラペラ」そういっただけで、あとは黙っている。

「ベングエルの問題に口をはさみたくはないのだが」と、わたし。「子供を産んだばかりの母親が森のなかにほうりだされる理由は、いったいなんなのかと思ってね」

「自我を失ったから」

「つまり、出産後に精神障害を負ったという意味か。一時的な混乱状態だろうに、それが彼女たちを見捨てる理由になるのか？　治療しようとは考えないのかね？　心を病んだ者を、もとどおりベングエル社会の一員に復帰させる手段はあるはずだが」

「それはできない」ペラペラはきっぱりいった。「次の者に自我を引き継いだら、もとにはもどれないのだ。これは母親だけでなく、父親にもあてはまる。だれにもそういう時が訪れる。そして、成熟の時はわれわれ全員に訪れる。われわれはたくさんいるが、それでも孤独だ。しかし、それは永遠にはつづかない」

「だからって、精神を病んだ者をあっさりほうりだし、なんの治療もほどこさないというのか？」

「自我喪失者を治療することはできない。喪失といっても実際に失うわけではない。自我を喪失するとは、次に受け継がれることを意味する。われわれは子供たちのなかで生きつづけるのだ。わたしも同じ道をたどるだろう……もし成熟の時を体験できなければ、わたしの自我を子孫に引き継ぐことになる」

かれはその名のとおり、ぺらぺらと流暢《りゅうちょう》にしゃべる。これほどわかりやすく話すベングエルははじめてだ。

「つまり、きみたちは魂の生まれ変わりを信じているのだな。精神を病んだ母親が赤ん坊に自我を引き継いだと考えるわけか。だが、それは野蛮な迷信だ！」

「それが、われわれの……生きかたなのだ」と、ペラペラ。「もう失礼していいか？　自我喪失者を野にはなつ作業にもどりたいので」

わたしは激怒した。未開人だといったニッキの言葉もうなずける。とはいえ、われわれになにがいえるだろう？　ベングエルを改心させられる確実な手段などないし、説得もできない。わたしは布教者ではないのだ。そんなことをしている時間もない。

どうしようもない無力感をおぼえた。

ランド・アルファの樹上生活者のことを考える。かれらは、かつて同族から追放された自我喪失者たちの子孫なのではないか？　それがいまや、原住種族の石器時代トカゲの狩猟対象となり、その献立メニューを豊かにするはめになっている。宙航士の子孫が狩りの獲物とは！

　このとき、グッキーがそばに実体化した。

「あんたにいっとかなくちゃ」と、イルト。「ベングエルにとって魂の生まれ変わりってのは、けっして迷信じゃないんだよ。自我を子孫に引き継ぐんだって本気で思ってる。確信してるといってもいいくらいさ。それを変えさせるのは無理だよ」

「そんなこと、わたしだってわかっている」と、重い気持ちで応じた。「だが、賛成するわけにはいかん。せめて今回だけでも、かれらが気の毒な同族を死に追いやるのを阻止したい」

　ベングエルたちに動きが見られた。数名が船内に引っこんだと思うと、やがてエアロックに数名の同族があらわれる。衣服を身につけていないので、腹の傷がはっきり見えた。わたしは怒りを爆発させ、

「やめろ！」と、大声をあげた。「病人を船にもどすんだ。そうしないと、こちらも乱暴なやりかたをするぞ」

　裸のベングエルのうち、二名がエアロックから跳びおりて森のほうへ駆けていく。その金切り声は動物めいていた。

「やめなさい、蛮人！」ニッキが叫んだ。ビームが二条、わたしのそばをはしり、ベングエルたちのすぐ前の地面を穿《うが》つ。太くて黒い帯状の痕跡が生じた。

うろたえたベングエルは、精神を病んだ裸の同族を通廊方向に追いたて、あわてて船内にもどる。エアロック・ハッチが閉まった。船はインパルス・エンジンの音を響かせながら地面から浮きあがり、もとの着陸場所へと帰っていく。

「感謝します！」ニッキがわたしのところにきて、「これですこし、すっとしました」

彼女にはほのめかさなかったが、たぶんベングエルはべつのところで同じことをくりかえすだろう。だとしても、自分が共同正犯ではないと思うとなんとなく安心できる。

われわれ人類も、かつてはそうだったのだ。ときには度を超してしまうことも……

出口のない考えをあれこれめぐらせるわたしを救ったのは、《シマロン》からの呼びかけだった。

「未知船の一団がワリキの星系へ飛翔してきます」イアン・ロングウィンの報告だ。

「いますでに百隻を超えていて、どんどんリニア空間から出現しています。こちらの三隻は未知船団と第二惑星のあいだにいるため、探知されることはないでしょう。どう対応しますか？」

「対探知の楯にとどまれ！」わたしは命令。「まずはようすをみる。敵船団の最新情報をつねに送るように」

「敵船団?」イアンがおうむ返しした。「なぜ敵だと思うので?」

「なにもかも罠のにおいがする。ベングエルはおとりだったのかも。とにかく警報段階一を発令しろ」

「未知船団が方向転換し、第二惑星にコースをとりました」と、イアン。「いまは三百隻を超え……とどまるところを知りません。大きさと形状はいずれも同じです」

「データが充分に集まったところで映像を送れ。臨戦態勢をととのえよ。さしあたり、ポジション変更はなしだ。探知されない場所でできるかぎり待機すること」

「了解。待機します」

グッキーがわたしの注意をそらしにやってきた。

「むかついてるのはわかるけどさ。ベングエルのことがあったとはいえ、早まって相手を敵だと考えないほうがいいぜ、ブリー」

「わたしは慎重に行動しているだけだ」

イアンの最終報告で、リニア空間からあらわれた未知船はぜんぶで四百九十八隻と判明。そのすべてがワリキにコースをとっていた。

6

その未知船は非常にめずらしいかたちをしていた。まるで巨大ピストルみたいな形状で、〝銃身〟の長さは五十メートル、幅と厚みは二十メートルほど。上方には奇妙な飾りが屹立《きつりつ》している。全長七十メートルの翼が二枚、鋭角についているのだ。翼のあいだにある構造物はおそらくメインエンジン・ユニットだろう。のちに精密探知したところ、二枚の翼はハイパー吸引装置と判明。未知船の要員はこれを使って、ハイパー空間からエネルギーを吸いあげるわけだ。われわれのハイパートロップと似ていなくもないが、もっと低性能のはず。そうでなければ、ハウリ人があれほどこちらのハイパートロップを手に入れたがるわけはない。

有翼ピストル船の〝グリップ〟は船体の下に、ほぼ百度の角度でついている。この部分が着陸時に台座の役目をはたすのだろう。

第二惑星に進入飛行中の数隻が翼をたたみはじめた。つまり、ワリキに着陸するのだ。

「この未知者たち、ずいぶん無頓着です」イアン・ロングウィンが《シマロン》から話を振ってきた。グッキーとわたしはラランド・ミシュコムとともに搭載機に乗りこみ、ニッキ・フリッケルとナークトルは《ソロン》のスペース＝ジェット内にいる。われわれはたがいに話ができるよう、会議モードで通信接続していた。イアンがつづける。

「偵察機を出すことも、周辺宙域をゾンデで調べることもしない。かれらの辞書に安全確保という言葉はないようですね」

「明確な目的があるのだ」わたしは未知者の無頓着さに惑わされなかった。こちらに真の狙いを悟らせないための偽装行為かもしれない。単純に見えるものの、かれらは……ベングエルもそうだが……あまりに浮世ばなれしている。とても信じられない。

有翼船の最初の一隻が、われわれの船のポジションと反対側の惑星大気圏に突入した。

「ベングエルは未知者の登場にまったく気づいてないみたい」ニッキが通信で知らせてきた。「警告したほうがいいでしょうね。かれらの敵かもしれないから」

「わたしにいわせれば、新来者とベングエルはぐるだ」わたしは断じた。ミッツァ・ヴォーゲラはあらゆる事態にそなえてスタンバイしている。ニッキのスペース＝ジェットも、いつでもスタートできる。

ランド・ベータ上空にピストル船はまだあらわれない。進入機動は非常にゆっくりだ。

「まさか！」イアンが信じられないという口調で叫んだ。「《マイ＝キ》がスタートしました……未知船に向かって」

「カルタン人たち、正気を失ったか？」と、わたし。「やめさせろ、イアン。自殺行為だ。きっとオーグ・アト・タルカンのしわざだろう。こうなったら……」

そのときサンドラ・マイロが声を出さず、口のかたちだけで〝ダオ・リン〟といった。

わたしは怒り心頭に発し、

「ちょうどいい。わたしが相手をする」と、応じる。

「こちら、ダオ・リン＝ヘイ」すぐに最後の全知女性の声が聞こえた。「いま搭載艇から連絡している。《マイ＝キ》の船長によれば、あなたがたは未知船団を敵とみなしたとか。それを受けてオーグ・アト・タルカンが船長に、未知者とコンタクトをとるよう命じたのだ」

「そんなことしたら、われわれ全員おしまいだぞ！」わたしがどなりつけても、ダオ・リンは冷静に応じた。

「オーグ・アト・タルカンの考えはちがう」

「オーグがなにをいおうと関係ない……」

ダオ・リンはそれをさえぎり、

「あなたと話したいそうだ。耳を貸したほうがいい。かれにかわる」

ダオ・リンがひとつスイッチ操作をすると、ホログラム・キューブが光り、オーグ・アト・タルカンの姿があらわれた。

最後に会ったときはあれほど生気にあふれていたのに、いまは何千歳も年をとって見える。両肩に重荷を背負ったごとく背が曲がり、不安げなようすだ。

「未知者とのコンタクトを命じるとは、どういうつもりだ！」わたしは大声を出した。

「あなたのせいで、みなが危険な状況におちいるのだぞ」

「それはない」オーグ・アト・タルカンは力なくいう。「新来者はなんの危険ももたらさない……まったく逆で、かれらは友だ。われわれの旧友なのだ。だから、どうかお願いする、レジナルド・ブル。攻撃と受けとられるような行為はひかえてもらいたい。そちらの船が警戒態勢に入ったことを、わたしはことのほか憂えている」

「われわれはただ、罠へのそなえをしただけだ。この状況は気にいらん。未知者が危険ではないと、なぜわかる？」

「かれらは同志で……」

「かれらがベングエルと同盟関係にあるのはわかった」わたしは口をはさんだ。「だが、ベングエルの友はわれわれの友ではない」

「無思慮な行動をするな。新来者はただベングエルのそばにいたいだけで、ほかのことは考えていないのだ。かれらはベングエルと同じく、きみたちにもわれわれにも迷惑をかけない。恐れることなどない」

「この件に関してシディチャムからどんな保証を受けとったんだ？　どういう条件を提

示された？　全面降伏か？」

「なんの保証も受けとっていない。まして条件など。これから起きるプロセスにきみたちが介入しなければ、だれにとっても害はないという話だ。とにかく、誤解をまねくような行動はやめてもらいたい。慎重になるのだ、レジナルド・ブル。それほどむずかしい話ではないはず」

　まるで、わたしがベングエルとその未知の仲間に対して宣戦布告したかのような口ぶりだ。

「そのプロセスとはどういうものか？」と、訊いてみた。

「完結のプロセスだ」オーグ・アト・タルカンはさも当然のことのようにいう。「わたしがワリキに立ちよってほしいとたのんだのも、それが理由だ。新来者の乗員は完結のプロセスの一パーツなのだよ」

　未知者はまったく敵対行為を見せてこないし、オーグ・アト・タルカンの泰然としたようすにも安堵したものの、わたしはまだ疑っていた。いまいましいが、しかたない。なんといっても、船二隻とその乗員に対する責任があるのだから。

　そのとき突然、頭に浮かんだことがある。ベングエルは最初われわれを〝歓喜の地〟へ熱心に招待したくせに、その後はいきなりすげない態度になった。ひょっとして、いまやってきた者たちとわれわれをとりちがえたのか？　しかし、こちらはたった三隻。

五百隻近い船団とまちがえるなど、ありえない。船の形状だってまるで異なるし。

納得のいかないことばかりだ。

「未知者はどんな種族に属している？」そう訊いてみた。

「知らない」と、オーグ・アト・タルカン。「だが、外見や種族は関係ない。重要なのは内面の価値だ。なりゆきにまかせようではないか。どうか介入はやめてくれ、レジナルド・ブル」

「これほどの大軍勢ともめごとを起こす気はない」そのときサンドラが、イアン・ロングウィンから連絡が入ったと合図してきた。わたしは急いで会話を終わらせようと、最後にこういった。「向こうがなにもしないかぎり、こちらから手は出さないよ」

さらに、心のなかでつけくわえる。〝すこしでも脅威を感じたら、恥も外聞もなくさっさと逃げるだけさ……〟

「《マイ＝キ》が未知者にコンタクト成功」イアンが無表情で告げた。「通信確立後、《シマロン》にも中継がつながったので、わたしも相手と話したのですが……わけがわかりません！」

「なにが？」

「相手は〝タルカンの迷子〟と自称しています」イアンは相いかわらず無表情のまま、とくに重要事でもないようにいう。「この表現に象徴的な意味があるのでは」

「ほう、そうか？」

「ええ。だって、かれらはロボットなんです……明らかに〝主人を持たない〟ロボット。つまり、船団の乗員がすべてロボットで構成されているのはまちがいありません」

「なんとまあ」わたしは思わず口ばしり、疑いをこめて訊いた。「戦闘ロボットか？」

「外見からはわかりませんが、実際問題として考えたくないですね。ほぼ五百隻の部隊なので、十万体はいるはず」

「そのロボットがベングエルになんの用だろう？」わたしは考えを声に出した。「ひょっとして、整備ロボットがおんぼろ船を修理にきたとか？」

この言葉がきっかけとなり、さまざまな推論があちこちで湧き起こった。

「ひとつ忘れていました」イアンがふたたび発言した。「ロボットはベングエルと同じいいまわしを使います」

「どのような？」

「われわれはたくさんいるが、孤独だと」と、イアン。「ただし、よく聞いてください。かれらがしゃべったのはハンゴル語でもカルタン語でもなく、ソタルク語……永遠の戦士の言語ですよ」

「まさか」わたしは思わずいい、怒りにかられてつけくわえた。「その情報、わざといまになって出したな、イアン」

イアンはかぶりを振り、罪のない申しわけなさそうな顔をしてみせる。

「きっとサービス・ロボットですよ」ニッキ・フリッケルが冗談めかして通信に割りこんできた。「工場に飛んでいくと、いつだって同じ挨拶をされたもの。整備ロボットのあいだで使われるいいまわしでしょう」

「ベングエルとロボットは、ノミとゾウに似た関係ということ」すかさずラランド・ミシュコムが教師口調で、「馬と騎手といってもいい。ただ、ひとつわからないことがあるわ。どっちが馬で、どっちが騎手かしら？」

「こんなばかな話、聞いたことがありません」ミッツァが興奮して口を出す。われわれ全員、同じ感想だ。

「ベングエルとロボットがいっしょにいるところを見れば、じきにわかるでしょう」サンドラ・マイロがいった。「草原の上に一隻めの有翼船があらわれました」

つまり、もう逃げるには手遅れというわけだ。

*

クリスマスおめでとう、ブリー！

わたしはひとりごちたものの、とてもそんな心境ではなかった。

ベングエルは本当につまらない。あれほど退屈な連中がほかにいるだろうか。むろん、かれらを見ていて祝日ムードになれるはずはなかった。ベングエルにとって日付は無意味だ。十二月二十四日だって関係ない。それでもその受け身な態度のおかげで、わたしはすくなくとも思索的な気分になれた。それでつい、感傷的になってしまったのだ。

遠い昔を思いだす。クリスマスがクリスマスだったころ。旧暦二十世紀にはすでにキリスト教の古いしきたりは異文化とされていたが、子供だったわたしはそんなこと気にしなかった。飾りつけをしたツリーの下に行き、頬を紅潮させてプレゼントを開ける瞬間を待ったものだ。

だが、きょうびクリスマスをそんなふうに祝う者がいるだろうか？　それも、ここワリキで……べつの宇宙からきた銀河の一部に存在する、一恒星の一惑星で。われわれはここで無気力なベングエルと、同じく不活発なロボットにかこまれている。ロボットはどこからきたのかも、製造者の名も、なにが目的かも口にしない。

かれらは迷子だ。タルカンの迷子……前に同じ表現をいつどこで聞いたのだったか？ああ、そうだ。ラトバー・トスタンがハンガイ遠征について報告したときだった……

わたしはペリー・ローダンのことを考えた。いまどこにいるか知らないが、きょうの日付に気づいているだろうか。タルカン遠征隊のアトランはどうだろう？　アルコン人のかれはテラナーの宗教とは無関係だが、われわれ細胞活性装置保持者とその家族が開くクリスマス・パーティに、状況が許せばよく参加したもの。

ずいぶん昔、ゴシュン湖のわが別荘でクリスマスを祝ったことがある。ちいさなマイクル・ローダンを膝にのせ、テーブルの上のプレゼントを引っかきまわして中身を出さないよう見張っていたのは、いつのことだったか。かれはいま、エスタルトゥ十二銀河のどこかにいるはず。きょうがクリスマスだとわかっているだろうか？

そうであるように願う。かつてゴシュン湖畔《こはん》のバンガローで一堂に会したわれわれに、もしかしたら運が味方するかもしれない。楽しかったあの集いをみな思いだしてほしい。しかし、どうやらそれはかなわないようだ。いつもその場にいた……いまもわたしの隣りにいる……グッキーが、一度もクリスマスという言葉を口にしないのだから。

テラニアの午前零時には《シマロン》のシントロンがつくりものの鐘を鳴らすことになっている。ここワリキのランド・ベータにある草原では、蒸し暑い午後の時間だ。だが、どれほどの乗員がその意味に気づくだろう？

クリスマスおめでとう、ブリー！　わたしはまた自分にいった。

ロボットの船は、ベングエル船がとまっている場所にしずかに着陸した。なにか告知することも、とりたてて着陸許可をもとめることもない。ベングエルのほうもさしたる反応なく、これを受け入れた。

もしや、このロボットたちがやってきたのも、なんらかのミスなのか？

有翼船があらわれても、ベングエルは興味なさそうに空を見あげていたが、自分たちの船のあいだをあけて場所をつくり、ロボットが支障なく着陸できるようにした。すぐにロボット船はベングエル船のあいだの場所めがけて均等に分散する。

やがてロボットたちが下船してきた。われわれが息をのんで見つめるなか、明らかにロボットの訪問相手のはずのベングエルは相いかわらず無反応で、ただ迎えるだけだ。起きるべくして起きた、しごくあたりまえの出来ごとなので、なんの感興も湧かないといいたげに。

われわれが船から出てくるロボットを魅了されたように観察し、忙しく計測作業をはじめる一方、ベングエルはもうロボットに見向きもしなかった。挨拶の儀式もなく、再会のよろこびもしめさない。まるで、長いあいだ別居していたのに話すことのない夫婦みたいである。

いったい、ベングエルとロボットはどんな〝夫婦関係〟にあるのだろう？

そのとき気づいたのだが、すべての有翼船が北向きになっている。つまり、いずれも船首を北に向けて着陸しているのだ。

理由は不明。このフォーメーションの意味をロボットにたずねても、返事はなかった。答えられないのか、答えたくないのか。最初に着陸した船がたまたま惑星北極に向いていて、それにならっただけかもしれない。

ロボットじたいにふつうとちがうところは見られなかった……形状がばらばらという

点をのぞけば。一体として同じタイプのものはない。数十どころか、数百種類はあると思われた。同タイプの二体が見つかったと思っても、かならず細かいところにちがいがあるのだ。

　幾何学的形状のロボットが多い。とがった円錐、ずんぐりした円錐、シリンダー形、ピラミッド形、不等辺四角形、四角錐、六角柱、ななめやまっすぐの面を持つ結晶のかたち……これ以上、列挙する必要はないだろう。ロボットのかたちに関しておよそ思いつかない基本形はないといっていい。そのうち数体は、ある生物を模倣してボディやアームをつくったように見える。だが、いずれもわれわれの知るハンガイ種族には似ていないので、外見から製造者を逆推理することはできなかった。

　ただひとついえるのは、荒っぽい重労働に適したタイプのロボットは皆無ということ。大型機器を輸送したり、土砂《どしゃ》をかきだしたり、地面に穴を掘ったりするには向かない。そもそも、いかなる目的で製造されたのだろうか。さまざまに異なる外見にもかかわらず、いずれも同じ作業に従事しているように見える。なにかに特化されたロボットではなく、ぜんぶが汎用タイプなのだ。

　いずれにせよ、たんなる人工知能装備のマシンではなかった。感情も思考能力もあり、明らかに創意に富むひらめきをそなえ、人格めいたものを持つ。その意味ではわれわれのシントロンをしのぐばかりか、ポスビよりも上を行くだろう。

かれらの金属外被の下には、合成部品……合成器官というべきか?……のほか、思考したり感じたりできる意識がまちがいなく存在する。有機生体部分はないものの、グッキーがいうには弱いプシオン成分を感じとれるそうだ。一種独特なもつれたハイパーインパルスらしい。

しかし、そこまでだった。われわれが見つけだしたものは……あるいは、見つけだしたと思いこんだものは……すべて空論のままということ。能力の一端を親切にも見せてくれる気は、ロボットたちにはないようだから。

かれらはベングエルの例にならって無関心を決めこみ、内向的にふるまいつつ無為にすごしていた。なんに対しても無感動だ。相違に富むひらめきはどこへ消えたのか、嘆かわしいブリキ男たちよ。

クリスマスおめでとう、ブリー!

退屈でしかたない。わたしは決意した。《シマロン》のつくりものの鐘がクリスマスの訪れを告げたらすぐ、この惑星とおさらばしよう。

「クリスマスおめでとう、ブリー!」背後でぴいぴい声がした。

振りかえって応じようとしたわたしは、思わず言葉に詰まった。グッキーが生のニンジンを一本、さしだしている。

「うれしいよ。ありがとう、ちび」声がかすれた。プレゼントを受けとり、思いきりかじる。

　これでようやくクリスマスらしくなった……いってみれば〝不信心者〟のイルトのおかげで。ペリーとアトランも、マイクルも、M‐87のどこかにいるイホ・トロトも、この古きよき日をわたしよりいい状態で迎えていますように。わたしはここワリキで、明けそめた空のもと、見知らぬ場所からきた宇宙船数百隻のポジション・ライトがクリスマスツリーのように輝くのを見ながら、人の気持ちがよくわかるロマンティストのちいさな友といっしょにいる。二千年以上も生きてきたこのセンチメンタルな男は、もうじき二千百歳の重みを肩に背負うというのに、いまなお子供の心を捨てられない。

「ニンジンってのは悪くないな」やがて、わたしはそういった。「こんなにうまいものだとはいままで知らなかった」

「きっかけさえあればわかるのさ」と、グッキーは応じた。

7

ランド・ベータにNGZ四二七年十二月二十五日の朝がやってきた。スタート目前の気分がひろがっている。ここにとどまろうとする者はオーグ・アト・タルカンだけだ。ダオ・リン＝ヘイでさえ、もうメエコラー＝カルタン人の始祖である老人の意見に与《くみ》してはいない。いまは沈黙をたもっている。もちろん、ワリキにのこるようオーグから命じられればしたがうのだろうが。

「完結の時はじきに訪れる。わたしにはわかるのだ」オーグはそういった。

「かもしれんが」と、わたし。「残念ながら、われわれはそれを体験できないと思う」

「どうかもうすこし辛抱してくれ、レジナルド・ブル。張りつめた雰囲気を感じないか？　空気のきしむ音が聞こえるようだ。ベングエルもそのパートナーも大いなる瞬間を心待ちにしている。完結の時が近いと感じている。それゆえ、麻痺したようになっているのだ」

「われわれもそうなってしまう前に、ここを去らないと。もう限界だ、オーグ。搭載機で《シマロン》にもどる。あなたに五時間の猶予をあたえよう。ここにのこるか、われわれといっしょにくるか、そのあいだに決めてくれ」

「五時間はあまりにみじかい」オーグは絶望したようすで嘆いた。

「五時間の前にまる四日あったのだ。充分だろう。われわれは行くぞ」

ネコ型種族に背を向けたところで、ニッキ・フリッケルと目が合う。わたしは命令口調でいった。

「きみもスペース＝ジェットにもどれ」

「わたしはぎりぎりまでオーグのそばにいます」ニッキが応じる。「たぶん、翻意《ほんい》させられると思うので」

「好きにしろ。だが《ソロン》のスタートには遅れないようにしろよ」

わたしはラランド・ミシュコムとグッキーとともに搭載機で母船に向かった。

《シマロン》に着いてのち、スタート準備の命令を出す。そのとき司令室にベネカー・ヴリングがあらわれたので、驚いた。この男、目的もなくうろついてわれわれのじゃまをする以外にやることはないのか。

「ロボット霊園の建設は終わったか？」わたしはそう訊いたあと、返事を待たずにつけくわえた。「ロボットといえば、きみもワリキにくるべきだったよ。ロボット専門家にとっちゃ天国だと思うがね。ベングエルのロボット・パートナーから得られるものは、わたしよりきみのほうがずっと多かったはず」

「お褒《ほ》めの言葉をどうも」ベネカーはひかえめに応じる。

「まじめな話、なぜロボットを見にこなかった、ベネカー？　きみにとって興味深いものにちがいないのに。好奇心をそそられないのか？　なにかを発見したいとは思わなかったのか？」

「行ってもあなたたちと同じく、退屈したでしょう」ヴリングはきっぱり答えた。「情報だけで充分です。ただ、わたしのもとめるものがワリキにないことはすでにわかっている。あなたたちにとっては驚きがあるでしょうが」

「どういう意味だ？」

「驚きに身をゆだねてください」その言葉をのこし、かれは司令室を急ぎ出ていった。

「まったくきみは謎だらけだよ、ベネカー・ヴリング」わたしはひとりごちた。

なにごともなく時間が過ぎていく。スタート時刻が近づき、船内にますます緊張感が張りつめてきた。全員、この退屈な〝歓喜の地〟とおさらばしたいと願っているのだ。

　シントロンがカウントダウンの準備に入ったそのとき、予想外の出来ごとが起きた。

「二度あることは三度ある」イアン・ロングウィンがいつものとおり、ぶっきらぼうにいう。だがわたしは、かれのその言葉だけではっとした。その後、シントロンが報告するのを聞いて驚く。

「ワリキの星系に向かう飛行物体を探知しました。タルカン＝カルタン人のトリマラン型、総計十一隻です」

「カルタン人がここになんの用だ？」わたしは叫んだものの、オーグ・アト・タルカンの言動の意味がこれでわかったと思った。ワリキでのランデヴーにカルタン人もくわわることを、かれは知っていたのだ。だったらなぜ、われわれにそういわなかった？

　カウントダウンをストップさせ、再開未定のまま延期とする。カルタン船の登場で、すこし事態が変わってきたから。

《ソロン》にもスタート延期を伝えると、すぐにニッキが通信連絡してきた。

「スタート延期の件、いまウィド・ヘルフリッチから聞きました」と、ニッキ。「オーグのようすは見ものですよ。クリスマス前夜の子供みたいにはしゃいでます。自分の予言がすべて現実になったと確信してるみたい」

「いまやってきたカルタン人はこのゲームでどういう役を演じるんだ？」

「オーグはカルタン人だと思ってません。だいたい、なぜカルタン人だと？」

「あらゆる観点から見ての判断だ」わたしはそういったものの、嘘だった。すぐにそれをシントロンからとがめられることになる。

「トリマランがこちらを探知し、通信してきました」と、シントロン。「送信者は船団の最高指揮官で、ドリルホブと名乗っています。ヴェンノク種族の一員だそうで、ハンガイ＝カルタン人の情報コードを通信に使っています。かれらはカルタン人を筆頭にした二十二種族の同盟〝カンサハリヤ〟において、秩序維持者にあたるとか。ドリルホブはへりくだった態度を見せ、わたしに許可をもとめていますが……」

「許可をあたえるのはわたしだ」と、不機嫌に応じた。「早くこっちにつなげ！」

＊

ドリルホブの外見でいちばん目を引くのは、頭からななめ上にのびる二枚の翼だった。角《つの》のように見えるが、動かすことができ……さらに、細くなった先端には目がついている。その目が左右からわたしにまばたきしてきた。

口の部分はみじかい吻《ふん》のようになっている。それが開くと、先端に、デリケートな感じの肉垂が動くのが見えた。吻の上方には瘢痕《はんこん》のように見える聴覚器官がふたつある。

多関節の長い腕に、根っこみたいな不器用な印象の指が三本。ひろい肩の上に玉虫色のゆったりしたガウンをはおっている。ズボンもゆったりしており、裾《すそ》は細い胴囲のブーツに突っこんであった。硬そうなブーツはからだを支えるのに便利なのだろう。反対に靴底のほうは、しなやかで柔軟な素材に見える。

ドリルホブは呼吸のさいにみじかい口笛のような音を発した。話すときも口笛音が聞こえる。シントロンがこの音をただちに分析。それによれば、この頭足類は……異生物学用語では〝頭翼生物〟と呼ぶ……発話のさいにシンセサイザーを使っている。それは同時にトランスレーターの役目をはたすらしい。口笛音はヴェンノク生来の言語だが、この〝トランセサイザー〟を通して理解可能なカルタン語が聞こえてくるのだ。

「われわれはカンサハリヤの秩序維持者だ」ドリルホブが切りだした。かれにはわたしの姿がとても奇異にうつるはずだが、それにはかまわずに。「当星系にベングエルがやってきたこと、第二惑星に居住するらしいことを知らされた。われわれの任務はこの件について調査し、もし当該惑星に原住民がいる場合は、星間放浪者が狼藉《ろうぜき》を働かないよう監視すること。したがって、第二惑星の保安当局に着陸許可をもとめたい。こちらの申し開きに対する確認が必要ならば、いつでも全権を委任する」

「そちらの言葉を信用しよう、ドリルホブ」わたしは応じ、「だが、いくつか質問がある」

「なんなりと」かたかたいう音と口笛音の合間に、声が聞こえた。

「ここにベングエルが居住するらしいと、どうやって知ったのだ？」

「通常の事務手続きによって」ドリルホブが答える。

「それはいかなるものか？」

「上位機関からわれわれの基地に暗号通信がとどいたのだ。そのなかに、この星系での経緯と、すべて順調かたしかめてくるようにという命令が記されていた」

「この星系での経緯に関し、そのほかに記されていたことは？」

「われらの任務は純粋にルーチン作業なので」と、ドリルホブ。「詳しいことについては記載がなかった。われわれはとにかく、ベングエルがはめをはずさないようたしかめたいだけだ」

「どうもベングエルにあまり好意を持っていない口ぶりだな、ドリルホブ」

「かれらはじつに困った連中なのだよ」ドリルホブは言葉を強調したいのか、舌を鳴らすような音を出した。「多くの文明世界で厄介の種をまきちらし、文化施設をすべて廃墟に変えてきた。かれらが居住地をふたたび去るときには大量の廃棄物がのこされ、病人や老人や精神を病んだ者が置き去りにされる。だから、われわれはベングエルを友とみなさない。かれらが度を超さないよう気を配るのは、結局われわれヴェンノクなのだから」

「タルカンの迷子と名乗るロボットもワリキにいるのだが、知っているか？」

「それは日課命令に入っていないが……」ドリルホブはためらったあと、興奮したような口笛音を何度か発してつけくわえた。「ただ、驚きはしない。想定内だから」

「ほかに想定していたことは？」

「ない。だが、われわれの任務がきわめて重要というのはたしかだ。秩序をもって第二惑星のなりゆきに介入することに、すべてがかかっている。この命令を至急実行すべしといわれたことからも、それは明らか」

「どのように実行するつもりかね？」

「現地の状況による。わたしはヴェンノクの名において、星間放浪者たちのあいだに秩序をとりもどすことを約束する。たとえ荒っぽい手段を使うことになろうとも」

「それはわたしも非常に楽しみだ」

「では、着陸許可をいただけるか？」ヴェンノクはじれったそうにいった。

「拒む権利はまったくない。われわれ自身も異星人なのだ。たんにここを訪れただけで。とはいえ、それできみが満足するなら、ワリキへの着陸許可を正式にあたえると宣言してもいいぞ」

「感謝する」ドリルホブの返事にはいらだちがうかがえた。〝もったいぶるな〟と悪態をつきそうな感じだが、実際に聞こえることはない。その前に接続が切れたから。

「これは見に行かないと」わたしは決意し、グッキーにたのんで惑星地表へとテレポーテーションした。

*

最初に実体化したのはニッキ・フリッケルのスペース＝ジェットがとめてあった場所

だ。だが、そこにジェットはなかった。グッキーがニッキの思考を探ってみると、着陸場所の端のほう、ベングエル船から百メートルたらずのところにいるとわかる。

そこにはスペース＝ジェットのほか、カルタン人の搭載艇もとまっていた。オーグ・アト・タルカンとダオ・リン＝ヘイ、ニッキとその相棒ナークトルが集まっている。

ヴェンノクのトリマランはまだ到着していない。

「ついにこの時がきた」オーグは夢心地でいった。「もうじき完結する。わたしにはわかっていた。ずっと信じてきたのだ。内なるわが声は嘘をつかない。ただ、ひとつ細かい点をまちがっていた。完結のプロセスを実行するには、第三の要素が必要だったのだな」

「あいにくだが」わたしは気の毒に思いながら口をはさんだ。「あのヴェンノクとやら、ベングエルやロボットと兄弟の交わりをするためにきたんじゃないぞ。かれらは秩序維持者で、ベングエルの尻をたたくのが目的だそうだ」

オーグ・アト・タルカンはわたしをあわれむように見て、

「本当になにもわかっていないな、レジナルド・ブル。目の前で完結のプロセスがくりひろげられても、その意味を理解できまい。なぜだかわかるかね？」

「いや。だが、興味深いから教えてくれ」

「きみが言葉や映像の奥にかくされた意味を探ろうとしないからだ。うわべの現象を絶対かつ最終的な真実と思いこみ、外見が提供するものだけで満足している」

「おのれの誤りに気づかせてくれる言葉だ。おかげでひょっとしたら神秘主義者になれるかもな」

わたしはそう応じた。オーグ・アト・タルカンと論争するのに疲れたのだ。

われわれのどちらが正しいか、じきにわかるだろう。だがもしかしたら、事態はなにも変わらないかもしれない。オーグは宇宙的意味を持つ圧倒的な出来ごとが起きると確信していて……わたしにはそれを認識する目も耳もないのだから。

トリマランが空にあらわれ、ゆっくり降下してくる。ベングエルとロボットが動きはじめた。磁石に引きつけられるごとく、ヴェンノク船のほうに向かっていく。まるでヒュプノにかかったように。

トリマランは上空ですでに円形フォーメーションをとっていたが、着陸機動に入るとその円がひろがった。狙いは明らか。着陸場所をリング状にかこいこみ、外側から制御下におこうというのだ。もちろん、わずか十一隻のヴェンノク船で千三百以上の宇宙船をとりかこむことはできないが、自分たちの権威をあてにしているのだろう。

わたしはふたたびベングエルとロボットたちを見た。いまや全員が着陸場所の端に向かって押しよせ、最前列はどんどん密な状態になっている。とはいえ、目に見えない境界があるらしく、それをこえてはいない。

ベングエルとロボットのつくる前線が動きをとめた。こちらから五十メートルもはなれていない。一方、降下してきたトリマランの着陸場所はわずか二百メートル先だ。

「われわれ、まさにふたつの前線にはさまれてしまった」ナークトルが考えこむようにいい、おちつかなげにコンビ銃をいじった。「ベングエルとロボットが同時に突進してきたら、押し倒されるぞ」

「いや、いや」オーグは晴れ晴れとした顔だ。着陸したトリマランから、ベングエルとロボットがつくる壁へと交互に視線をうつし、「安心していい、狂乱状態の騒ぎにはならないから。完結のプロセスは整然と進められる……」

トリマランが最終的に停止すると、ベングエルとロボットは動きはじめた。実際、わたしが想像していたように半狂乱で走りだすこともなく、きちんと列をつくり、一歩ずつ冷静に統制のとれた歩みを進めている。

「絶対にベングエルもそのロボット・パートナーも怒ってヴェンノクに襲いかかり、ぶちのめすと思ったんだがな」ナークトルは唖然とした。集まって近づいてきたベングエルとロボットが、こちらを迂回したのだ。一瞥《いちべつ》もくれず、われわれと乗り物をよけて通りすぎたのち、ふたたび全員で身をよせあっている。

ロボットの多くは高さ三メートルにおよび、もっと大型のもいるが、そのあいだにちいさなベングエルがはさまれているため、全体に隙間が生じている。それでわれわれはトリマランのようすを見ることができた。

船体のエアロックが大きく開き、ヴェンノク数名が姿を見せた。この遠距離からでも丸腰だとわかる。前後左右にからだを揺らしながら外に出て、船の前に散らばり、とまどいながらベングエルとロボットたちの集団に近づいた。

ヴェンノクが秩序維持目的でベングエルの行動に介入するようすはみじんもない。ドリルホブが命令を出さなかったか、部下が命令を忘れてしまったか。

かれらは権威を振りかざすこともせず、むしろ萎縮しているように見える。とはいえ不安や混乱というより、とほうにくれていた。いわば、ベングエルとロボットが向かってきたとたん、目の前の光景にとりこまれて衝撃にとらわれてしまったような感じだ。

あとから考えると、ヴェンノクの態度を勘ぐりすぎていたかもしれない……そういうのは、その後なにが起きたか知っているいまならかんたんだ。それでもやはり、ベングエルとロボットとヴェンノクが一堂に会したそのとき、なにか独特な感情がわたしを襲ったのである。うまくいえないが、おごそかで感動的なひとときだった。この状況を説明するものはなにもなく、われわれは呪縛されたように沈黙した。それでも、見たものが雄弁に語っていた。だれもが知ったのだ……この瞬間、なにかに点火されて炎が燃えあがり、ひとつのプロセスがはじまったのだと。それは宇宙のいかなる力でもとめることはできない。

そのまま、どれくらい時間がたったのかわからない。ただ、そのあいだずっと自分が息をとめていた気がする。そして、永遠の時が過ぎたように感じられたあと……あの放電が起きたのである。

その瞬間、目を射るような閃光がはしった。あまりにまばゆく、輝く光波につづいて連鎖反応的に色が爆発したかのようだ。それが最後には、すべてをおおいつくす暗闇にのみこまれる。

わたしは無音と漆黒につつまれ、絶対的な虚無にとりかこまれた。そのとき、骨身にしみわたる鋭い悲鳴が聞こえたと思うと、やがてすすり泣くような響きに変わり、最後は消えた。

声域から判断すると、グッキーの声だ。わたしはネズミ＝ビーバーのそばに行こうとした。しかし、動けない。かれの名前を呼ぶことすらできない。

まるで時空のバリアが崩壊し、べつの次元にほうりだされたかのようだ。

それから、暗闇が晴れて霧が生じた。しだいに目がふたたび機能しはじめ、周囲が見えるようになる。ところが、最初は薄暗がりのなかでなにもかも反転して見えた。大昔の写真にあったネガ画像みたいに。

ニッキとナークトルがいる。ネガ画像のカルタン人二名がいる。えぐられた明るい色の地面に、黒っぽい毛皮生物がいる……グッキーだ。荒れはてた戦場の向こうには何千という姿が動かず横たわっている。

やがて突然、暗転状態はひとりでに解消し、また周囲がふつうに見えるようになった。

じっとして動かないネズミ＝ビーバーの上にかがみこむ。ベングエル十万名も同じ運命に見舞われたようだ。さっきまで立っていたロボットも、いまは地面に倒れている。だが、わたしが心配なのはグッキーのことだけだった。

一瞬の閃光がベングエル十万名を亡《な》き者にし、多数のロボットを機能不全にしたのか。

わたしはグッキーの頭を支えて持ちあげた。ちびは目を開けたが、その視線はわたしを通りこしてべつのものを見ている。

そのとき突然、メンタルの声が意識のなかに押しよせた。

〈この試みは失敗すべき運命にあった〉と、明確に聞こえる。〈すべてのパーツがそろわないかぎり、完結は訪れない〉

メンタル音声はこだまのように反響し、永遠に響きつづけるかに思われた。

イルトの視線がクリアになる。

「なにじっと見てんのさ、でぶ」ぶつぶついい、からだを揺すって立ちあがった。いきなりいつものグッキーにもどったらしい。「いまのメッセージ、ぼくが送ったと思ってんじゃないだろうね。ぼく自身も受けとったんだぜ」

そうなのだろう。

わたしの目は動かないベングエルとロボットを通りこし、トリマランを見た。ヴェンノクはなんともなかったらしく、先ほどの場所に立ったままでいる。ただ、さっきよりさらに混乱し、とほうにくれているようだ。わたしはオーグ・アト・タルカンに視線をうつし、

「こういうことか」と、いった。「あなたの予言が実現したのだな。力強き者が……どういう類いの力かはともかく……われわれに語りかけた。だが、これがどう作用してくるんだ？　ウォルロン＝ベングエルが全滅したこと以外に？」

オーグ・アト・タルカンはなにも答えず、首を振るばかり。すっかり老いてふたたび瀕死の状態に見える。ダオ・リン＝ヘイが歩みよって支えようとするが、それをそっと押しやり、ゆっくりわたしのほうを向いていった。

「失望した。いま起きたことは、本来の完結のプロセスではない」

「これだけ損害を出して、まだたりないのか？」と、わたし。「いったい、どれほど不吉なことが起きるというんだ？」

「不吉なことだと？」オーグは内なる声に耳をかたむけているようだ。「これは深刻な悲劇だ……完結が訪れないというのだから。声を聞かなかったか？」

そこで口をつぐみ、硬直した目で前をじっと見つめた。

ダオ・リン＝ヘイが〝勘弁してやって〟といいたげにこちらを見る。わたしがうなず

くと、彼女は老いたカルタン人の腕をとった。こんどはオーグも拒まず、ダオ・リンに支えられて《マイ＝キ》の搭載艇に向かう。

「オーグはショックに苦しんでる」と、グッキー。「精神状態が回復するのを祈るだけだね」

「きみの状態はどうなんだ？」わたしは訊いた。「ひどく心配したぞ」

「おかしな話に聞こえるだろうけど、失神してたとき、なにか崇高なものが自分のなかを流れたような気がしたんだ。とてつもない経験だったよ……忘れたくない」

「もっとうまく説明してくれないか？」

「そうしたいけどだめなんだ、でぶ。説明できない。起きたことをそのまんま受け入れるしかないよ。説明する必要なんてないのさ」

この大量虐殺を見て〝崇高〟などと口にできるのか？

「ヴェンノクと話してくる」わたしはきっぱりいった。

*

ヴェンノクたちは最初のショックを克服し、硬直状態も解けていた。船内にもどった者もいれば、倒れたベングエルのもとへ行って状態を調べている者もいる。

そのなかに、ドリルホブと同じ玉虫色の衣服を身につけたヴェンノクの一グループがあった。わたしはそちらへ向かう。

近づいていくと、かれらが道をあけてくれた。

「ドリルホブか？」わたしはグループのリーダーらしきヴェンノクに声をかける。

「わたしは《レンドレファ》の船長で、ジュントラという」相手が答えた。「ドリルホブはべつの場所にいる。呼んでこようか？　あるいは、わたしでよければ話を聞くが」

「きみもドリルホブと同じく事情に通じていそうだ。ベングエルがこうなったからには、きみたちのかかえる問題は自然に解決したのだろうな？」

「とんでもない」即座にジュントラがぴしりと応じる。「ここからが大変なのだ。ベングエルとロボットが動けるようになったら、面倒を見なければいけないから」

「ということは……かれらは死んだのでも壊れたのでもないと？」わたしは仰天した。

「たしかか？」

「われわれ、この下層民たちのことはよく知っている」と、ジュントラ。「ベングエルはしばらくしたら目ざめ、まぬけ面でうろついたのち、野性を得て生まれ変わる。じきにわかるさ。いまの深層睡眠状態は自我をなくした者の典型的症状だ。目ざめたときには、ただの動物になりさがっているだろう」

わたしはランド・アルファの樹上生活者を思いだした。かれらもこのベングエルと同じ運命に見舞われたのだろうか？

「ロボットはどうなるんだ?」さらに訊いてみる。

「似たようなもの」ジュントラは残念そうだ。「目ざめたのちは本当の迷子になる。ただの機械ということ。だれかがプログラミングして動かさないと、役にたたない」

「きみたちはどうしようと考えている?」

「ロボットをか?」ヴェンノクは何度かみじかい口笛音を発し、「むずかしい作業になるだろう。むろん、可能なかぎりプログラミングをほどこし、かれらだけで船を目的地まで航行できるようにするつもりだ。その場合、ロボットはそこで動かなくなる。だが、この惑星で作動停止するかもしれない。あるいはハウリ人の手に落ちないよう、数体を破壊する必要も出てくるだろう。いずれにせよ、大変な仕事だ」

「ベングエルはどうなる? かれらの面倒もきみたちが見るのか?」

「もちろんだ。われわれには、かれらに対する責任がある……」

「つまり、罪悪感をおぼえてのことか?」わたしは口をはさんだ。

「なぜ罪悪感をおぼえる必要があると?」ヴェンノクは驚いたようだ。

「なぜなら、ベングエルはきみたちを救世主と受けとめていたのに……こんなことになったから」

「われわれは関わってないぞ」ジュントラがいきり立つ。とはいえ、それほど自信満々には聞こえなかった。トランセサイザーの調子によるのかもしれないが。「われわれ、ベングエルに対してなにもしていない。こちらの到着と同時に不運な出来ごとが起きたのは、ただの偶然だ。あんな現象を起こせる手段は持っていない。責任といったのはひとえに、われわれがベングエルの面倒を見るよう命じられたから。いわば、道徳的義務感だ」

「わかった。自己弁護しなくていい」わたしは興奮するヴェンノクをなだめた。かれが罪悪感をおぼえないというなら、実際に偶然だったのだろう。「で、ベングエルはどうなるんだ？」

「目ざめたら、できるかぎりの応急処置をするつもりだ」ジュントラはすこしおちついた口調で、「生きるのに必要なものを用意し、傷の手当てをし、行き場のない者に道をしめす。自分たち自身でやっていけるようになったら、自由にさせる。森へもどっていくだろう。そこがベングエルの生活圏なのだ……かれらは樹上生活者だから」

「知っている」ランド・アルファの森に住むベングエルが石器時代トカゲに容赦なく追われていたのを思いだした。すくなくともランド・ベータには原住種族がいないから、ウォルロン＝ベングエルは脅かされずにすむだろう。わたしは最後にこういった。「話を聞いて安心したよ。きみたちヴェンノクに敬意を表する。ベングエルがあらたな生活への一歩を踏みだせるよう、気にかけてくれるのだな」

「だが、かれらがどんなふうに感謝の念をしめすことやら！　見ていればわかるぞ」

「残念ながら、急いでいるので……」

見ると、すでに動きだしているベングエルがいた。だが、わたしは早くこの〝歓喜の地〟を出ていきたかった。ここでいまから一種族の悲劇的運命がくりひろげられるのだ。動物と化したベングエルに対峙するのはあまりにつらい。

スペース＝ジェットとカルタン人の搭載艇が離陸準備を終えるのを待ち、グッキーのテレポーテーションで《シマロン》にもどった。

ところが、われわれのスタートはまたもや遅れることになる。ワリキの北極地帯で尋常ならざる現象が起きていると、シントロンが知らせてきたのだ。

大きな氷の塊りがいくつか極冠から分離し、巨大な氷山となって南の方向へ動きだしたという。自然法則とは相いいれない現象で、潮流によるものでもないらしい。

このため、ふたたびスタート延期を決定した。そればかりか、北極地帯の現象を近くでよく見ようと、低い軌道に移動までしたのである。

それからまる一日が経過。海上の氷山は増えていき、数平方キロメートルにわたる範囲にひろがったことが判明した。

やがて、まず数千個の氷山が一本の線状になった。それから二本めの線が生じ、最初の一本と直角に交わる。そのうち、海上のなにもなかった場所に、いつのまにか三本めが生じていた。これが最初の二本にくわわり、氷の三角形がかたちづくられる。

三角形の内部を埋めつくすのはものすごい量の氷塊だ。見ていると、それらの氷塊がなにかに押しやられたように動きだし、三角形のそれぞれの角から中心点に向かう線を描きはじめた。

こうして、ハンガイ銀河の一惑星にある氷の海に、第三の道のシンボルが描きだされたのである……超越知性体エスタルトゥの大いなる印が。

この氷のモニュメントの完成を、わたしは《シマロン》の船殻から見たわけだ。

思わず自問した。これは、行方知れずのエスタルトゥがまだ存在しているというサインなのか？　この質問をそれほどはっきり発したのは、もちろんこれがはじめてだったが、イエスと答えることはどうしてもできなかった。ひとつのパーツがべつのパーツと組み合わさり、すべてがつながったということだろう……この氷山のように。しかし、十万名以上の知性体が、それまでかれらを動物と区別していたものを失ったのだ。かれらはもはや、人格もアイデンティティも持たない。

かれらの意識は、いまワリキの北極の氷を動かしている力に統合されてしまったのか？　いや、オーグ・アト・タルカンがいわなかったか？　これはかれの期待していた完結のプロセスではないと。メエコラー＝カルタン人の始祖が思い描いていたのは、もっとべつの出来ごとだったにちがいない。

例のメンタル音声もまた、いわなかったか？　すべてのパーツがそろわないかぎり、完結は訪れないと。

　ぜんぶでいくつパーツが必要なんだ？　何名のベングエルが犠牲にならなくてはいけないのか？　タルカンにはいったいどれだけの迷子がいるのだろう？

　わたしはすべての質問の答えを見つけたと思っていた。パーツが組み合わさったいま、質問の答えはおのずと出た。だが、それはたしかな答えじゃない。疑念だらけの不安定な答えでは、そこからさらに具体的な質問が生じるばかりだ。

　なんにせよ……ここワリキには山を動かすことのできる力が存在する。完結のプロセスとは、なにをもたらすものなのか？

　わたしは船内にもどった。

　セランを脱ぎかけたとき、オーグ・アト・タルカンが通信で呼びかけてきた。

「見たか？」と、興奮している。「力強き者があれほど明確なシグナルを送ってくるはずはない。メッセージを理解できたか？　きみならわかると思うが、あまりにあからさますぎて……」

「あれはなんのサインだろう、オーグ？」

「完結の時がまだ訪れないことを告げるものだ」老カルタン人は力をこめて答えた。「それはこれからやってくる」

エピローグ

レジナルド・ブルはもうこれ以上、自問自答で頭を悩ませたくなかった。思考の堂々めぐりから抜けだし、べつのことに気持ちを切り替えたい。

今後あらたにハンガイ種族があらわれることも、氷でできた第三の道のシンボルが黄金に変わることもないのなら……もうハンガイのストレンジネス障壁にはとどまらず、まっすぐXドアの集結ポイントに向けてスタートするつもりだ。

いっしんに精神集中する。やがて、なんなく次のステップを考えられるようになった。

ラランド・ミシュコムが得意の格言をくりかえし持ちだしても、注意をそらされたりしない。ララが口にするのはもちろん、ノミとゾウを使った例のたとえ話だ。

「ノミが何匹いればゾウ一頭と同じ重さになるのかしら？」と、心ここにあらずでいっている。本気でこの問題にとりくんでいるらしい。「百万？　十億？　数十億？　シントロンで計算したら目眩《めまい》がする数字になりそうね」

「シントロンにおかしな計算をさせるなよ、ララ！」イアン・ロングウィンが警告する。

ブルはララの言葉を聞き流した。よけいなことに気をとられたくない。

それでも、もう一度だけワリキでの出来ごとに思いをいたし、シントロンに照会する。

どれくらいのベングエルとロボットが〝歓喜の地〟にやってきたか、数えさせたのだ。

驚くべき回答が返ってきた。

正確には十三万一千七十二名のベングエルと……まったく同数のロボットだという。

「それがどうした？」ブルはいった。

タルカンへの急使

クルト・マール

1

自室キャビンのドアが目の前で開いたとき、かれは本能的に違和感をおぼえた。二千九十六年の生涯で積んできた経験が養った、第六感によるものだろう。

その場で立ちどまる。

ドアが開くと照明は自動で点灯し、居心地よくしつらえた室内のようすが見えた。新造船《シマロン》における、かれのプライヴェート空間だ。大きなシート……ジョイントシートではなく、一家の祖父がすわるような古風でどっしりした安楽椅子……の高い背もたれがななめになり、ドア側に向いている。

自分でそんなふうにしたおぼえはない。

「こっちを向いて顔を見せろ！」レジナルド・ブルは声を張りあげた。

シートが百八十度回転し、ひょろっとした痩身《そうしん》の男が目に入った。ブルが贅沢をして手に入れた安楽椅子に、まるでここの主《あるじ》さながら、くつろいですわっている。着ているものは濃いグリーンの船内技術者用作業服。がりがりの体形のせいで、もともと高い身長がさらに高く見えた。ものすごく痩《や》せている。支えがなければ三秒も立っていられず、まんなかからぽっきりふたつに折れてしまうのではないかと思うほど。

ほかの点でも、男テラナーの理想像だと思わせるようなところはまったくない。くすんだ藁《わら》色の髪はみじかく刈ってあるが、それでも鳥の冠毛さながら突っ立っている。横に張りだした耳は人より二サイズほど大きい。コンドルのくちばしにも劣らぬりっぱな鉤鼻、シャベルのように巨大な両手。同じく大きな両足がおさまっているブーツは明らかに特別仕様だ。

グリーンの作業服は薄汚れて見える。ブルがはじめてこのベネカー・ヴリングと名乗る珍妙な男と会ったときも、すでに薄汚れていた。ところが不思議なことに、その後はちっともようすが変わらないのだ。きれいになることも、さらに汚れることもない。

「きみのあつかましさをうわまわるものはその汚らしい外見だけだな、ベネカー」ブルはいった。「さっさとわたしの椅子からおりろ。さもないと痛い目にあうぞ！」

情けない見た目からは想像できない敏捷《びんしょう》さで、ヴリングはすばやく身を起こした。たたんだポケットナイフのようにぱっとお辞儀をし、ふたたびまっすぐ立つと、

「いつだれがきてもいいよう、ドアはつねに開けておくとおっしゃっていたので」と、

弁解する。

「それは何千年も前から使われている社交辞令だ」ブルはぶつぶついった。「言葉どおりに受けとるやつはいない。そもそも、どうやって室内に入った？　二重に施錠されているのに」

「ロボット整備スペシャリストですから、その手のメカは得意なんです」

「だが、そうした行為を禁じる服務規程というものがある。きみを縛りあげて外にほうりだすこともできるのだぞ」

「ええ、あなたならできるでしょうね」ベネカー・ヴリングは大きな口を横にひろげ、きまり悪そうににやりとした。

　ここで意地を張ってもよかったのだが、ブルにはこの情けない外見の男をどうしても邪険にあつかうことができなかった。ヴリングをつついて脇に押しやり、お気に入りの椅子に腰をおろすと、相手と面と向かうように椅子を回転させて、こういった。

「わたしの部屋に忍びこんだからには、なにか理由があるはず。きみの狙いがなんであれ、とんでもなく重要な案件だと思いたいが。さて、どうした？」

　ベネカー・ヴリングは大きな手を揉《も》みしだき、指の関節をぽきぽきいわせてから、見るからに困惑したようすで話しだした。

「がっかりしたんです……あなたがわたしのことをこっそり調べていると知って。理由を聞かせてください」

＊

レジナルド・ブルはうしろめたそうな表情を浮かべる。ベネカー・ヴリングについて調査させたことを、本人に知られてしまうとは。かれは実際、このロボット整備スペシャリストの素性を問い合わせたのだ。

あれは十日前……《シマロン》と《ソロン》と《マイ＝キ》が時空断層の構造亀裂を抜け、ウル・アム・タロクから通常連続体に復帰したときのこと。その前の数日間、ベネカー・ヴリングはほとんど奇蹟に近いことをやってのけたのだ。巨大宇宙ステーション・ウリアンを建造中だったハウリ人と時空断層のなかで対峙したさい、ヘクサメロンの門徒たちの猛攻をしのぎ、ブル一行が一度ならず死なずにすんだのはヴリングのおかげだった。なぜそうした奇蹟を起こせたのか、ヴリング自身は説明していない。魔術師みたいな能力のことを問いつめられるたび、運がよかったと軽く口にするだけだ。状況がせっぱつまるととりわけ、瞬間的に豊富なアイデアがあふれてくるのだといって。

しかし、レジナルド・ブルはそんな言葉にごまかされない。そこで、船三隻が時空断層から逃れたあと、すぐ《バジス》を中継してネーサンに問い合わせた。ＮＧＺ三九九年二月二日生まれ、自由テラナー連盟すなわちＬＦＴ所属のテラ市民だと主張するベネカー・ヴリングは、本当はなにものなのかと。

《バジス》はいまも変わらずハンガイ銀河のストレンジネス障壁から八十光年はなれたポジション、Xドア宙域にとどまっている。ブルがそこに到着すると、ネーサンからの回答がとどいていた。それによれば、ベネカー・ヴリングという名のLFT市民はたしかに存在するらしい。ただ、すこし前まで完全に姿をかくしていたという……十八年間、まるで冬眠状態だったように。いずれにせよ、これで一件落着に思えた。ベネカー・ヴリングが天才的若者だというのはだれもが認めるところだ。

しかし、ブルの見解は変わらない。

「ベネカー、きみにはほとほと悩まされる」と、嘆息した。「わたしが部下をこっそり調べるようなまねをするとしたら、それは好きでやるんじゃなく、もっともな理由によるものだ。きみが時空断層における戦いで超人的な働きをしたからだよ。まさに人間ばなれしていたぞ。きみが現実の存在かどうか知りたくて、ネーサンに調べさせたのだ。わたしには《シマロン》の最高指揮官として要員を調査する権利がある」

そこで身を乗りだし、ベネカー・ヴリングをにらみつけた。相手は居心地が悪そうだ。

「ところが、友よ」ブルはつづけて、「きみは泥棒みたいにわたしの自室に忍びこんだのみならず、シントロンに関する知識を悪用し、極秘事項に分類されている情報を不正入手した。わたしはけっして服務規程違反をうるさくとがめる男ではない。しかし、今回は明らかにやりすぎだぞ、ベネカー」

ヴリングは一歩さがり、まぶたを伏せた。ほとんど色のないまつげが震え、落ちくぼんで皺の多い頬は蒼白になっている。

「神に誓って、あなたを怒らせる気はなかったんです」痩せこけた男はうめくようにいった。「ただ、自分に関することなので知る権利があると思い……」

「ふつうのやりかたで知るならな、ベネカー」ブルは途中で割りこんだ。「ハミラー・チューブに保管されたわたしのプライヴェート領域をあさるようなことをせずに！」

相手があまりにしょんぼりしているので、ブルは強い態度に出たことを後悔しそうになったほどだ。やがて、ヴリングは弱々しく自己弁護する。

「ふつうのやりかたでは、あなたがわたしを調べていることはわからなかった」

ベネカー・ヴリングというのはじつに奇妙な男だ。いつもは毅然として自信満々で、どんな困難な状況にあっても、英知をこめた奇抜な言葉がすらすら出てくる。死の危険が迫った瞬間、とてつもない力を発揮し、無言で奇蹟を起こすのだ。それに助けられた者たちは、いったいなにが起きたのか、あとから考えてもよくわからない。ところが、だれかに釈明をもとめられたり非難されたりすると、とたんにしおれてしまう。

「そうかもしれんが」ブルは認めた。「それでも不正行為にはちがいない」

ヴリングはいまにも泣きだしそうに見えたが、声を詰まらせながらやっと訊いた。

「わたしに関してなにを知ったんですか？」

ブルは相手を見すえ、淡々と話しはじめた。なにかのテキストを暗誦するごとく、一本調子で。

「ベネカー・ヴリング、ＮＧＺ三九九年二月二日生まれ、北米バーモント州ウッドストック出身。公立学校でシントロン建造学を学び、四一七年六月、スペシャリストとして首席で卒業。おもにシントロニクス関連の企業をいくつか転々としたのち、たまたまバーモント州にあった恒星間宇宙航行の会社に入る。のちにこの会社は売却された」そこまでいっきにしゃべったあと、深呼吸し、いっそう声を張りあげてつづける。「四二九年から足跡がとだえ、ふたたび表に出たのは四四七年。こんどはロボット整備スペシャリストとして、ＬＦＴ艦隊に就職。四四七年五月に《バジス》任務となり、《シマロン》が新造されたさい、その要員に任命された」

そこでブルは口をつぐみ、期待をこめてベネカー・ヴリングを見た。

相手は肩をすくめ、こういっただけだ。

「で？」

「四二九年から四四七年まで、いったいどこでなにをしていたんだ？」ブルが嚙みつく。「違法な通信網離脱によって違反切符を切られたことは一度もなかったか？　どこかに土地を持っていて、税金をおさめたりは？　課税対象となるような所有物はあるか？

年金を支払ったことは?」

「ありません」

「ありませんだと? LFT市民なら、当局の目をかいくぐって生活しつづけることはできない。その十八年間に、なにか記録にのこることが絶対に起きているはず!」

「そんなことはないでしょう」ヴリングは遠慮がちながらも主張した。「わたしは二十九歳のとき、いってみればそれまでの人生に飽き飽きして、しばらくドロップアウトしようと決めました。自分探しをする必要があったんです。人口過密の地球にいては、それは無理だと思った。だから惑星バラドアに向かいました」

「バラドア! それはいったいどこにある?」

「銀河ウエストサイド辺縁、恒星サパから二百光年の宙域です。まさにパラダイス世界ですよ。わたしが行ったとき、居住者は十万人もおらず、みな世捨て人ばかりでした」

ブルは眉根をよせて、

「十八年ものあいだ、辺鄙《へんぴ》な惑星で自分探しをしていたというのか?」そういったあと、いきなりかんしゃくを爆発させる。「それほど見つかりにくい自分が、いったいどこにかくれているというんだ! わかったぞ。わたしを小ばかにする気だな。とんでもない話でごまかそうとして。きみの話に反論することは不可能だ、だぶだぶの服を着た骸骨男。だが、いつかきっとその計略を見破ってやる。さて、けがしたくなかったら、さっさとわたしの目の前から消えろ」

ベネカー・ヴリングは踵《きびす》を返し、ひょこひょこした足どりで出口へ向かう。だが、ドアのところで振りかえり、もう一度こちらを見た。その目が笑っているように、ブルには思えた。

*

エイレーネは気乗りしない目で食事トレイを見た。サーモンは大好きなのだけど……とくに、とれたてと遜色《そんしょく》ないほど新鮮な冷凍物なら。エスニックなスパイスのかかったチンゲンサイも、こんな状況でなければ食欲をそそるはず。きらきら光るカラフェに入った低アルコールのロゼワインが、まるでほほえみかけてくるようだ。小型自動キッチンに要求すれば高級アイスクリームだって出てくる。それはそうとして……きょうの午後、これらのメニューをプログラミングしたときには、夕食時になれば食欲ももどるだろうと思っていたのだ。

けれど、それは思いちがいだった。胃が締めつけられるようで、なにも食べられない。トレイを脇に押しやった。ところが、すぐにサーボ・システムが介入してくる。

「よく考えてください」気づかわしげな声がどこからともなく聞こえた。「きょうはほとんどなにも食べていません。そんなことをつづけていると、いずれ医療ステーションに連れていかれますよ」

「そんなことをいつづけるなら、あんたのスイッチを切るから！」彼女は反論した。

「もちろんそれはできますが、なんの解決にもなりません。ひと口かふた口でいいから食べなさい」

　エイレーネはためらったが、ホワイトソースのかかったサーモンフライをひと切れ、しぶしぶ口に押しこんだ。びっくりするほどおいしい。チンゲンサイの味つけも最高だ。ミャンマーのレシピにしたがって調合したスパイスだろう。ワインを口にすると、急に食欲が湧いてきた。本当はずっと空腹だったのに、解決策が見つからないままあれこれ思い悩み、感覚が麻痺していただけだから。

「どうです、気分がよくなったでしょう？」トレイの皿がぜんぶ空《から》になったところで、サーボがいった。「さ、次はアイスです」

「ええ、次はアイスね」

　彼女がそう応じると、サーモンとチンゲンサイのときと同様、自動キッチンから望みのものが出てきた。モモのシャーベットとバナナピューレのアイスクリーム。すべてたいらげ、締めくくりにワインをぐっと飲み干す。

　カレンダーに目をやった。きょうはＮＧＺ四四七年十二月三十日。もう今年も終わりが近い。父ペリー・ローダンがドリフェルから異宇宙に吐きだされ、行方知れずになって一年近くになる。その二カ月後には母ゲシールもいなくなった……どこへなにをしに行ったのか、十七歳の娘にはいまもわからない。おそらくコスモクラートに呼ばれたのだと思うけれど、どうしてなにもいってこないのだろう? 八週間ものあいだ、せめてみじかいメッセージを送るくらいのこともできなかったの? こんなにみんな心配してるのに。

　ときどき考えてしまう。ゲシールは自分の意志に反してなにかの陰謀に巻きこまれたんじゃないかしら。運命の力に翻弄《ほんろう》され、屈辱的な目にあったり試練を受けたりしているのかもしれない。母の出自のせいだろうか……敗北感に打ちのめされると、エイレーネはそう自問する。母はコスモクラートの具象だったから。そのことをどう受けとめればいいのか、彼女にはよくわからない。だけど、物質の泉の彼岸とゲシールのあいだには目に見えない糸があるのだろう。でなければ、コスモクラートの呼びかけにこたえようとは思わなかったはず。

　そのコスモクラートの任務を、父ペリー・ローダンは拒否した。もう深淵の騎士でいるつもりはないと明言したのだ。ふつうの知性体には……人類にせよ、アルコン人やアコン人やテフローダーにせよ、力の集合体エスタルトゥに住む無数の種族にせよ……上位者に助けてもらうこともじゃまされることもなく、独自の力で進化の道をたどる権利がある。それが創造の山からもどって以来、ペリーの信条だったし、その確信のもとに生きてきた。だから、コスモクラートは父を罰したのだ。故郷銀河に帰還できないような呪いをかけて。

いまではこの禁令は解かれたと、エイレーネはアトランから聞いた。だけど、そのさいどんな状況がくりひろげられたかは知らない。父は異宇宙タルカンへ飛ばされたのだと、みな推測している。これはコスモクラートのあらたな罰なのか？　おまけにかれらは、自分たちの不機嫌を誇示する相手としてペリー・ローダンの娘を選んだのか？

こうした出口のない絶望的な考えにとらわれたとき、エイレーネはよく白昼夢を見る。突然まわりが明るくなり、そのなかにひとりの女があらわれてこういうのだ。

「心配しなくていいわ。わたしがそばで見守っている」

この女の手がかりをつかもうとしたが、できなかった。心配が高じるあまり、理性が幻を見せたのか、それとも実際なにかのメッセージだろうか？　心理カウンセリングを受けようと考えたことも何度かあったが、いつも最後の瞬間にしりごみしてしまう。そんな白昼夢を見るのは自分だけで、ほかにはだれも経験していないから。

女が自分を安心させようとしているのはわかるが、なぜかその言葉を信じることはできなかった。うわべこそ魅力的だけど、大きな宇宙港の周辺によくある酒場のホステスみたいで品がないのだ。エイレーネはそんな場所に行ったことはないが、話はいろいろ聞いているから想像できる。どうしてそんな人が白昼夢に出てくるのかしら？　だれかが……男でも女でも……自分を勇気づけようとしてくれるなら、せめてもっと信頼のおける姿であらわれるんじゃないの？

そうはいっても、あの言葉が頭からはなれない。

「心配しなくていいわ。わたしがそばで見守っている」

そのときインターカムが鳴って、エイレーネは驚いた。自分は《バジス》では引きこもりみたいな存在だから。

だれかから連絡がくることはめったになかった。ひとりで考えにふけっていたかったから、それでいいのだが。

スクリーンにウェイロン・ジャヴィアの顔がうつしだされた。

「ちょっと話がしたくてね、エイレーネ。そっちへ行っていいかな？」

「もちろんよ」うれしくて、そう答える。

数分後、キャビンのドアが開いて《バジス》船長が入ってきた。ウェイロン・ジャヴィアはここ数年、独自のスタイルを変えていない。相《あ》いかわらずタートルネックのセーターと、色あせた作業着姿だ。不思議な光をはなつ両手はいつも作業着のポケットに突っこんでいる。

ジャヴィアはエイレーネがなにもいわなくても腰をおろし、単刀直入に切りだした。

「半時間前、ハンガイ銀河から最新報告がとどいてね。ハンガイの第三クオーターが通常宇宙に遷移して一ヵ月になるらしい」

かれがなにをいいたいのか、エイレーネにはわかった。

「だけど、まだペリーからなにもいってこないの？」

ジャヴィアは肩をすくめた。

「まったくなにも。つまり、きみのパパやタルカン遠征隊が第三クオーターとともにタルカンから帰還したという話は、どうやらなさそうだ。もし帰還していれば、どうにかして連絡してくるはず。その前提で考えるしかないな」

「だからといって心配する必要はない……そういいたいのね？」

「大人をからかうもんじゃないよ、お嬢さん」ジャヴィアはおずおずと、「まさにそういいたかったのさ」

エイレーネはなにもいわず、大きな黒い瞳で船長を見つめた。そのまなざしは、心の奥底まで見ぬこうとするかのようだ。

「あっちでなにが起きているのか、われわれは知らない」ジャヴィアが熱心にいう。

「きみのパパとタルカン遠征隊はいま、おそらくハンガイの第四クオーターにとどまっている。ただ、そこで危険にさらされていると考える理由はないんだ」

「最初はこう思ってたの。アトランもペリーもほかの人々も、あらゆる可能性を投じて次の遷移時にタルカンからもどってくると」

「そこでなにかが起きたから、かれらが考えを変えたというのかい？」

「そのとおりよ」少女は感情をおさえつつ答えた。「でも、だったらわたしたちはどうするの？　まだ待ちつづけるってこと？　それで、最後の遷移が完了してもペリーたちからなんの連絡もなかったら、どうすればいいの？」

「手をこまねいて待つことはしないよ」と、ジャヴィア。「レジナルド・ブルが技術者チームの八割に指示を出し、大急ぎで《シマロン》にベクトリング可能グリゴロフ・プロジェクターを装備させている」

　これを聞いてエイレーネは目を輝かせ、

「レジーがタルカンへ飛ぶのね！」と、叫んだ。

「そうだ。遅くとも一週間後にはスタートするつもりでいる」

　少女は飛びあがり、満面の笑みでいった。

「だったらわたしもいっしょに行く！　こんどこそ置いていかれるもんですか」

「そういうと思ったよ」ジャヴィアは考えこみ、「わたしも空手《からて》形《がた》でここにきたくはなかった。だからきみの意向を通しやすくするため、前もって探りを入れてみたんだ」

「それで……？」

「エイレーネを連れていってはどうかとブルに提案したら、最初は冗談だと思われたよ。次に、ばかじゃないのかといわれた。最後は怒り狂ってかんしゃくを起こしそうになった」

「それで、それで？」エイレーネはじりじりしている。

ジャヴィアはポケットから両手を出し、しげしげと観察した。ブルーの光にとりまかれ、ほぼ透明に見える。〝ギルリアンの手〟と呼ばれるこの手は、奇蹟のような効果をしめすのだ……とりわけ、激高する相手の感情をおさえておちつかせたいときに。ジャヴィアがこの手を持つようになったのは、ある実験施設での事故が原因らしい。何年も前のことだが、本人がそれについて語ることはなかった。

「わたしがこの不思議な道具をなにに使ったか、もうわかるだろう」かれはやさしくいった。「ブルがかんしゃくを起こす前に、両手で触れたのさ。すぐにおとなしくなり、もう異議を唱えたりしなかった」

「ウェイロン、あなたは真の友よ！」エイレーネは大よろこびだ。ジャヴィアの不意を突いてセーターの頸に跳びつき、盛大な音をたてておでこにキスする。「すぐレジーと話してくるわ。万が一にも気が変わったなんていわせないから！」

ドアがスライドして開き、少女は大急ぎで通廊に飛びだしていく。

「まさにつむじ風を起こしてしまったな」ウェイロン・ジャヴィアはつぶやいた。「どうか勘弁してください、レジナルド・ブル」

2

NGZ四四七年十二月十二日。《ソロン》やカルタン船《マイ＝キ》とともにハウリ人の一部隊を追跡していた《シマロン》は、あらゆる自然法則をあざわらうかのような宙域に突入した。

三隻は船内機器を使っても探知できない不可視の障壁を突破し、気がつけば三十五光時の最大直径を持つ微小宇宙のなかにいた。そこには平凡なスペクトル型G5Vの黄色恒星と三惑星があり、レジナルド・ブルはこの恒星を、もっともな理由から〝サプライズ〟と名づけた。

微小宇宙と通常宇宙の境界は計測不可能とはいえ、すでに最初の数分間で仮説を立てることができた。この微小宇宙は構造歪曲にちがいない……ハンガイ銀河の一部が遷移したせいで物質が押しやられ、時空構造がゆがんだのである。この手の構造歪曲については聞いていた。今年はじめの数日間、伝令船《コルドバ》が似たような環境に入りこんだから。ただ、ふつうの構造歪曲なら長くはもたないし、なにより場所がすぐ移動する。ところがここにあるものは人工的な手をくわえてあるらしく、永続的で動くこともない。

ここがヘクサメロン勢力のかくれ場であることは、じきに判明した。寒冷砂漠惑星サプライズⅢにはハウリ人の基地が、第二惑星と第三惑星の軌道間には巨大宇宙ステーションが存在する。《シマロン》をはじめとする三隻はしばし敵の探知を逃れたものの、やがてハウリ人部隊に追われるはめになった。その後の小《こ》競《ぜ》り合いのさい、ベネカー・ヴリングが魔法めいた能力を発揮し、あわや全滅と思われたギャラクティカーとカルタン人を窮地から救ったのだった。

戦いが進むにつれ、宇宙ステーションは甚大な被害をこうむった。ついにハウリ人たちも理性をとりもどしたのか、あつかましい敵を殲滅《せんめつ》するのはやめ、さらなる損害からステーションを守るほうを選んだらしい。構造歪曲の外壁の役目をはたしている時空断層に、ほんのわずか亀裂が生じたのだ。《シマロン》と《ソロン》と《マイ＝キ》はそこを抜けて通常宇宙に復帰。その後ただちに通常宇宙側から構造歪曲の状況を計測しようと試みたのだが、うまくいかなかった。自分たちがもどってきた場所の座標がわかっただけで。

構造歪曲の内部にいるあいだ、あれこれ情報を集めたが、そのなかにギャラクティカーもカルタン人もとりわけ震撼《しんかん》させられた事実があった。長さ一万三千キロメートル、幅八千キロメートルの六角柱のかたちをした宇宙ステーションに関する事実だ。ブルが〝ウリアン〟と名づけ、ハウリ語でウル・アム・タロク……〝服従の地〟と呼ばれるこの施設は二十標準年前から建造中で、完成した折りには非常に広範囲の星間物質をタルカン宇宙にうつせるらしい。つまり、星団をまるごと一度に遷移させられるということ。ヘクサメロンはハンガイ銀河の損失を埋め合わせるのみならず、もっと大量の、ひょっとしたら一銀河群にあたるくらいの星々を死にゆく宇宙へ移送し、その崩壊を加速させようともくろんでいるのだ。

こうした行為の規模を把握することは、人間の理性ではできない。銀河をまるごとべつの宇宙に移送するのに、いったいどれほど膨大なエネルギーが必要なのか、それを推しはかるのも不可能だ。ここでは人類がけっして匹敵するものを持たないような知識と技術力が働いている。その知識と技術はハウリ人でなくヘクサメロンによるものだが、そうとわかってもテラナーにとってはなんのなぐさめにもならない。どっちにしろ、ここでなにが起きているのか理解できないのだから。だがそれだけに、ウル・アム・タロクが局部銀河群の住民にとって死を招く危険を意味することはよくわかる。

構造歪曲を脱出したレジナルド・ブルは、即座に決意した。可及的すみやかに急使としてタルカンへ向かい、ハウリ人の宇宙ステーション発見のニュースをペリー・ローダンとアトランに知らせよう。そのさい重要なのはニュースの内容よりも、それが呼び起こす反応のほうだ。

ハウリ人はM‐３３の惑星アシュカルに、ウル・アム・タロクの規模をちいさくしたような機能を持つ物質シーソーを建造していた。そこで判明したのだが、こうした設備には原則として、宇宙をこえた反対側に〝受け入れ部〟が必要となる。アシュカルの物質シーソーに対応する受け入れステーションがタルカンのどこかに存在するわけだ。これはカンサハリヤの実行する〝メエコラー・プロジェクト〟にもあてはまる。ハンガイの第三クオーターがメエコラーに遷移したさいは、シングイソ星系が受け入れステーション、タルカン側のアンクラム星系が送り出しステーションとなった。こうした物質遷移のメカニズムはいまだに謎だが、通常宇宙にあるどの送り出しステーションにも、タルカン宇宙に受け入れステーションが存在することまでははっきりしている。

レジナルド・ブルはこの偵察飛行でハンガイ銀河の周囲をひろく調査し、ウリアンの受け入れステーションを探しだすつもりでいた。それはきっと、ハンガイの最後の四分の一が遷移するさい影響を受けない宙域にあるはず。タルカンにとどまっていないと機能を発揮できないからだ。なんとしても見つけなければならない。ウル・アム・タロクが完成間近ということは、受け入れステーションも同じテンポで建造が進んでいるはず。ヘクサメロンのたくらみを阻止するには、いずれかのステーションを殲滅すれば充分だ。つまりこの作戦は通常宇宙と同時に、タルカン宇宙でも実施されなくてはならない。ただ、ハンガイ銀河の移送が終わったあと、だれがタルカンでそれを実施するのかは、いまのところまだわかっていなかった。

Xドアの宙域へと向かう途中、ブルは遠隔リレー経由で《バジス》に連絡し、《シマロン》が帰還ししだいベクトリング可能グリゴロフ・プロジェクターを装備できるよう準備しろと命じていた。その要求どおり《シマロン》は遅滞なく《バジス》の格納庫ドックに入庫。十二月三十日の十四時から、多数の作業ロボットおよび特殊ロボットの協力のもと、レジナルド・ブルの船を宇宙間航行可能にするべく、技術者チームのほぼ全員が任務にあたっている。

作業完了はNGZ四四四八年の一月三日か四日になると思われた。ブルはテスト飛行をするつもりはない。一刻の猶予も許されない作戦なのだ。

*

「もっとも大きな問題はやはりストレンジネス・ショックですね」ジェフリー・アベル・ワリンジャーがいった。「深層睡眠に誘導することが生体生理的に防御になるという保証は、まだありません」

「ほかに手段はない。なりゆきにまかせるしか」レジナルド・ブルは応じる。「ある一定状況でストレンジネス安定化装置が機能するかぎり、《シマロン》乗員はみな安全だ。

いいかえると、どのテラナー男女も地球外住民もハンガイへの飛行を何度か経験しているから。くわえて深層睡眠法もとりいれれば、すこしは気が楽になる」そこで肩をすくめ、どんと机をたたいた。

「もしうまくいかなかったら?」ウェイロン・ジャヴィアが訊いた。この緊急会議の三人めの参加者だ。

「さっきもいったが、ほかに手段はないのだ」

「ハイパー通信機を最大出力に調整しろと指示しておいた」と、ブル。「カルタン語とハンゴル語とインターコスモでメッセージが流れるよう、通信機をプログラミングしてある。わたしの計算だと、到達範囲は一万ないし一万二千光年。そのどこかには、ペリー・ローダンやタルカン遠征隊の消息を知っているカンサハリヤの基地があるはず。メッセージを転送してくれるだろう」

「注意すべき点がもうひとつ」ワリンジャーだ。「ペリーとタルカン遠征隊が恒星アンクラム近傍で実体化したのは確実と思われますが、それを前提に行動することはもうできませんよ。アンクラムは一カ月前、通常宇宙に遷移してしまったので」

「たしかに」と、ブル。「だが、実体化ポイントとしてアンクラムを有力視したのはなぜだった? この問題に関わってきたほぼ全員の意見によると、カルタン人のプロジェクト送信機から出るハイパーインパルスがあったからだ。このインパルスはメエコラーからきた物体に対し、磁石のように作用する。細かいしくみはわからないが、この点は信用していいと思う」

「そのとおりです。で？」

「四つめのプロジェクト送信機が存在するのはまちがいない。つまり、ハンガイの最終クオーターを遷移させる装置だ。《シマロン》はその送信機のすぐ近くに出現すると、わたしは確信している」

「つまり、そこでメッセージを発信するわけですな」ジャヴィアがブルの言葉を受けて、

「どのような文面です？」

「まずはどこか特定しやすいポイントを探し、そことの相対座標を用いてこちらのポジションを知らせるつもりだ。次に、身元確認となる無害な単語を持ちだす……たとえば〝テラニア〟とか〝第三勢力〟とか。わたしとしては〝ヴルグツ〟でもいい。その後はカルタン語とハンゴル語で、メエコラーからきた異人にメッセージを転送するようもとめる。さらにインターコスモで、《シマロン》の現ポジションに飛行してわれわれを救出してほしいと依頼する」

「あとは、そのメッセージを最初に受信するのがハウリ人でないことを祈るだけです」

ワリンジャーが深刻な顔でいう。

「あやしい船が近づいたら航行を中止してハイパー空間にかくれるよう、オートパイロットをプログラミングしてある」ブルは応じた。「わたしは軽々しく未来予想を口にす

る男じゃないが、今回は期待しているのだ。きっと二宇宙間の境界を問題なくこえられる。ペリー・ローダンやタルカン遠征隊にも会えるだろう」

「わたしもそう願っています」ウェイロン・ジャヴィアだ。

「そのあいだ、きみたちにやってもらいたいことがある」ブルはつづけて、「ウル・アム・タロクの防衛は強固だ。ハウリ船がうようよしている。われわれが時空断層を突破するさい、ハイパーエネルギー現象を計測されるにちがいない。ギャラクティカムはこちらの情報と提案に対し、なにか回答してきたか？」

「はい」ジャヴィアがあらたまって答える。「しかも、満足のいく内容です。どうやら、テラニアと宇宙ハンザが銀河評議会にそうとう圧力をかけたようですな。一月中にもウル・アム・タロクの周囲にステーションを配備して監視網を張ると、ギャラクティカムが決定しました。さらに、三角座銀河情報局すなわちＰＩＧがＭ-３３から撤退します。カルタン人とは和平が成立したし、アシュカルがやられたあとハウリ人も退却して、役目を終えたので。その後ＰＩＧはただちにハンガイ銀河に配備され、ハウリ人基地を探しだす任務を負うことになるでしょう」

　レジナルド・ブルはにんまりして揉み手をした。

「よくやった！　ギャラクティカムがようやくまともにイニシアティヴをとったな。これで両側からハウリ人をはさみうちにできる。構造歪曲にあるやつらのかくれ場を見つけだし、補給路を絶ってみせるぞ」

「そうかんたんにいくかどうか」ワリンジャーが不安げに顔をしかめた。「ハウリ人だけが相手なら心配いりませんが、ハウリ人はヘクサメロンの手先です。レジナルド、あなたはみずからの体験でかれらの知識や技術力を知ったはず。実際、ハウリ人とその宇宙ステーションを苦境に追いこめたとして、ウル・アム・タロクの破壊を六日間侯爵たちがみすみす許すと思いますか？」

レジナルド・ブルはふいに真剣になり、

「いや、ジェフリー。そうは思わない」と、答えた。「だが、わたしには確信がある。この問題に対峙しているのは、われわれ……つまりギャラクティカーやカルタン人だけではないと。すこし前、われわれ全員の信頼を集めているある者が、タルカンとヘクサメロンにまつわるこちらの作戦に多大な興味をしめしてきたのだ。危険な事態になれば、きっとかれがわれわれに味方してくれるはず」

「かれ？　かれって？」ワリンジャーは当惑している。

「ブルがいったのは〝それ〟のことですよ」答えたのはウェイロン・ジャヴィアだ。

「ああ、なるほど」と、ハイパー物理学者。

しばらく沈黙がひろがった。やがて、ブルがシートを揺らして騒々しく立ちあがる。

「さて、気のふさぐ話はないまま、会議も終了だ。ひとつ訊きたいことがある。あすは大晦日《おおみそか》だ。今年はいいこともなかったから、粛々《しゅくしゅく》と一年を終えたい。なにか計画はあるか？」

「いまのところ、なにも」ジャヴィアが答えた。

「なら、わたしにまかせてくれ。どこにいても、大晦日は希望を持ってすごしたいのだ……新しい一年が今年よりいいものであるよう、祈りをこめてな」

*

エイレーネはなにがなんでもその日のうちに《シマロン》に乗りこむ気でいた。既成事実をつくってしまおうと考えたのだ。自分が同行することを、レジナルド・ブルはいともかんたんに承諾したというが、そんなのは船が何度かハイパー空間に入ったあとでないと信用できない。

反撥フィールドに支えられて格納庫ドックに浮かぶ《シマロン》の眺めは壮観だった。周囲にはロボットが群がっている。五百体はいるだろう。船首部分の外殻が一部とりはずされているので、メタグラヴ・エンジンの複雑な技術装備を見ることができた。従来式のグリゴロフ・プロジェクターをロボットが解体し、撤去している。巨大格納庫ホールの床には真新しいベクトリング可能グリゴロフ・プロジェクターが準備されていた。

彼女は手荷物をのせた小型の運搬ロボットを引き連れ、人員用エアロックに向かった。

そこから格納庫ドックに出られるようになっており、通信スタンドが装備されている。ドック内には呼吸可能な空気があるし、圧力も通常どおりなので、エアロック・ハッチは開いたままだ。

　エイレーネは《シマロン》の司令室に通信をつないだ。スクリーンがあらわれ、南方系の女要員の大きな顔がうつしだされる。少女は十七歳に特有の素直な感覚で、この顔に親近感をいだいた。温かく善良ながらも、黒い目には知性があふれている。その気になれば美人だと思うが、豊かな黒髪はうしろにきっちりなでつけているし、むちむちした頬や二重顎を見るとダイエットには興味がないらしい。

　エイレーネは自己紹介し、ウェイロン・ジャヴィアにいわれたとおりの内容を告げたあと、最後にこういった。

「ここへは準備のためにきました。なるべくレジーの目にとまらないようにと思って。でないと、かれ、最後の最後に気が変わったといいそうだもの」

　女要員は目を輝かせた。

「船へようこそ、ちいさな友。わたしたち、仲よくなれそうね。副操縦士のラランド・ミシュコムよ。みんなララって呼んでるから、あなたもそうしてね」ララは視線をちらりと脇にそらし、「外はひどい騒ぎでしょう。ロボットに追突されたら大変。いまエネルギー・チューブを送出するわ」

「あら、そんな必要ないのに」エイレーネは恐縮した。「自分で行きます」

「もう遅い」ララが笑う。見ると、すでに《シマロン》の内壁からチューブ状の光るものがくりだされていた。格納庫ホールを横切り、エアロック室までのびてくる。「わたしはこんなとき、わが祖先の知恵をとりいれることにしてるのよ。〝冬のあいだじゅう太ったゾウの鼻の夢を見るくらいなら、早合点するほうがましだ〟ってやつ」

そこで接続が切れる。ララの祖先の風変わりな知恵はどういう意味か、訊こうとしたのだが。

エイレーネは船内に入った。エアロックではララが案内してくれるとばかり思っていたのに、一ロボットに迎えられたのですこしがっかりする。ロボットにキャビンへ連れていかれたときは驚いた。メインルームふたつと隣室のいくつかを好きに使っていいというのだ。部屋の調度は標準的なものだが、とても居心地よくしつらえてある。同じ階層の中央近くに司令室もあった。

「これで失礼します。ご用があればいつでも呼んでください」エイレーネをここまで案内してきたロボットはそういって去った。彼女は運搬ロボットに荷ほどきを命じたあと、《バジス》に送りかえす。それから数時間、室内を見てまわったり、荷物をロッカーにしまったりした。やがて空腹をおぼえたので、自動キッチンで軽食を用意する。サンドイッチを食べたが、ハムの香辛料が強すぎて鼻にしわをよせた。

腹がくちると好奇心がむくむく湧いてきた。《シマロン》はまったく新しいタイプの船だ。テラ船の外殻は過去からずっと球形というのがふつうだったが、この船にはずんぐりした楔《くさび》形のような六角錐がはじめて採用されている。船内を探検してみたいとエイレーネは思った。見たことないものがたくさんあるだろう。チャンスがあるかぎり、好奇心を満足させたい。船での日常生活がはじまれば、自由に動けなくなるかもしれないから。

船内は無人のようだ。ほとんどの要員はまだ《バジス》にいるので。エイレーネは明るく照らされたひろい通廊を進んでいった。搬送ベルトが設置されたところもある。あちこちのドアを開けては、いろいろな機能が装備されているのを見ながら、反重力シャフトに滑りこんで下降し、数階層下で降りた。

ここは上の中央階にくらべるとやや殺風景《さつぷうけい》で、機能に徹している感じだ。ロボットの王国といっていい。天井を見ると、おや指くらいの太さのケーブルが縦横にはしっていた。透明な素材でできているため、ケーブルのなかで色とりどりの光が踊っているのがわかる。船内のマシン類が相互にやりとりしているサインだ。

あたりはまったくの無音だった。あまりにしずかすぎて、自分のたてる足音が耳ざわりに感じられる。急に薄気味悪くなり、引きかえそうかと思ったとき、ふいに声がした。通廊の奥から聞こえる。そっちの方向へ数メートル進んでいくと、だれかが歌っているのだとわかった。エイレーネの知っている曲だ。声の主《ぬし》は男だが、こんな奥に引きこもっている理由はおそらく、歌がまったく不得意だからではないか。十の音のうち、合っているのはひとつもない。これほど音痴なのをだれかに聞かれて笑われることを、かれは恐れているのかもしれない。

　メタルプラスティック製のドアが半分開いている。ドア枠のところから、小部屋のなかをそっとのぞきこんでみた。そこは必要最小限の照明しかなく、驚くばかりの散らかりようだ。重厚な木製テーブルの上にマイクロ技術の部品がごたごたと置かれ、天井からは古めかしい白熱電球のランプがぶらさがってテーブルを照らしている。歌う男はテーブルの反対側にいた。頭がちょうどランプの笠の影になっているため、エイレーネにはその上半身しか見えない。

「入っておいで、エイレーネ」男は歌うのをやめて、そういった。

　思わず身をすくませる。話しかけられるとは思わなかった。この人、どうしてわたしの名前を知っているのだろう？　ここにいると気づかれてたのかしら？　彼女はドアを押し開け、なかに入った。

「ここではいささか時代遅れのことをやっていてね」ランプの上のほうから声がした。「すべて手仕事だよ、祖先たちがしていたような。だがすくなくとも、なにをしているかわかる。ここで組み立てているどの部品も、わたしの手の内にあるんだ」

その手なら当然よね、と、思わずエイレーネはいいそうになる。ランプの明かりに照らされた見知らぬ男の手は異様に大きい。ドゥアラ種族の友オベアーが庭で使うスコップみたいだ。

「ときに人は、時代遅れの方法にたよらざるをえなくなる」男はつづけた。「一般的には危険が迫ったときなどだ。きみはいまでも魔力を持つ言葉で呼びかけることができるのかい、エイレーネ?」

少女は非常に混乱した。テーブルの向こう側にいるこの男はいったいなにものだろう? なぜ、こんなわけのわからない質問をするの?

「わたし……なにを訊かれてるのか、まったくわからない」と、つかえながら答える。

「だいたい、あなたはだれ?」

「おや、驚かせてしまったかな? そんな気はなかったんだが」

薄暗がりから声が聞こえたと思うと、がたんと音がしてランプが揺れた。男が笠に頭をぶつけたのだ。ランプが上にあがっていき、エイレーネはようやく未知者の顔を見ることができた。ついさっきまではおちつかない気分だったが、こんどは笑いをこらえるのに必死になる。男はものすごく痩せていた。頬はこけ、大きな鼻やひろがった口がなんともおかしい。髪はみじかいのに奔放に立っていて、ヤマアラシみたいだ。

「わたしはベネカー・ヴリング」男はそういって大きな手をさしだした。「ロボット整備スペシャリストだ。きみが乗船する予定だと聞いた。だから、だれかが通廊をやってきたとき、すぐにきみだとわかったのさ」

「そう」エイレーネはきまり悪くなり、「わたし、とても知りたがりなの。いつだって、なにもかも見てまわらないと気がすまないのよ」

「いいことだ。好奇心は知識の母だから」

「さっきあなたがいった〝魔力を持つ言葉で呼びかける〟って、なんのこと？」

ベネカー・ヴリングはにやりと笑った。

「ああ、あれか」なんでもないというふうに手を振り、「忘れてくれ。仕事に没頭しているときに中断されると、口にする気もなかった言葉がうっかり出てしまうんだ」

「お仕事のじゃまをしてごめんなさい。すぐおいとまするわ」

「ゆっくり見てまわるといい。この階層にはわたしのほか、だれもいないから」

「ええ、そうね……そうする」エイレーネはつぶやき、大股で部屋から通廊に出ると、ドアを半分開いた状態にもどしておく。それから反重力シャフトへ向かった。あちこち見てまわろうという気は失せていた。最短ルートで自室にもどる。ベネカー・ヴリングという男は、笑ってしまうような見かけにもかかわらず、どこか不気味だ。あのとき、なんと訊いてきたのだったか？

〝いまでも魔力を持つ言葉で呼びかけることができるのかい？〟

どういう意味だろう？　うっかり口から出てしまったというヴリングの言葉は、エイレーネには信じられなかった。

3

ベクトリング可能グリゴロフ・プロジェクターの設置は一月四日に完了する。ジェフリー・ワリンジャーはそういって、ぜひテスト飛行したほうがいいと熱心にすすめた。だが、レジナルド・ブルはにべもなく断った。

「もしうまく作動しなければ、早い段階で気がつくさ。テスト飛行のために一日を費《つい》やすのがもったいない」

ブルの主催でおこなった大晦日パーティは大成功だった。あらゆるパーティを毛嫌いしているウェイロン・ジャヴィアでさえ、そう認めたもの。《バジス》、《シマロン》、《ソロン》の要員たちに、NGZ四四八年は四四七年よりもいい一年になると暗示をかけることができた。ブルの楽観主義が影響をおよぼしたのだ。テラニアからは遠隔リレー経由で通信がとどいた。ホーマー・G・アダムスのサイン入りで、〝Xドア宙域にいる全員にとり、実り多き新年になるよう祈る〟という内容である。ありがたい。《マイ＝キ》のカルタン人たちはパーティに参加しなかった。テラの大晦日など、かれらにはなんの意味もないから。

　ワリンジャーのコンピュータ・ラボでは作業が進んでいる。《シマロン》のコースは一秒単位、一キロメートル単位で正確に決めなければならない。なんといっても、宇宙船とその要員がベクトリング可能グリゴロフ・プロジェクターを使って異宇宙へ進出するのは、正式にはこれが最初の試みなのだから。

　コース決定にさいしては、ストレンジネス勾配が大きな役割をはたす。これはストレンジネスの変化度をさす値《あた》いで、ハイパー空間における現象だ。ある宇宙のなかではストレンジネス値は一定で勾配はゼロだが、ふたつの宇宙が境界を接している……あるいはごく近くにある……ハイパー空間では、ストレンジネス勾配がさまざまに変化し、最終的にゼロでない値いに決まる。

《シマロン》が決定的なメタグラヴ航行に入るさい、コースは勾配が最大値になるようなラインに沿っていなければならない。ワリンジャーの作業をしょっちゅう肩ごしに観察しているブルは、これを〝山を流れる小川に沿って進む〟と表現した。隣り合う二宇宙を高さの異なるふたつの山と考えた場合、突然ストレンジネス値が変化するのは、ある高さからもうひとつの高さへとうつる場所……すなわち山腹ということになる。だから船は、この山腹を流れる小川に沿って進めばいいわけだ。

　このあいだに《ソロン》もハンガイ銀河に進出せよというあらたな命令を受けていた。

じきにハウリ人基地の捜索がはじまるため、すでに所定の場所に待機しているかつてのPIG残留メンバーと連絡をとるのである。これに関しておもしろい事実がある。オーグ・アト・タルカンとダオ・リン＝ヘイが《マイ＝キ》をはなれて《ソロン》に移乗してきたのだ。《マイ＝キ》は四四八年一月二日に三角座銀河へと旅立った。ハンガイ宙域でなにが起きたか、惑星カルタンの高位女性たちに報告する任務があるから。

　昨年十二月末に惑星ワリキでの出来ごとを注意深く追っていた者は、ダオ・リン＝ヘイとオーグ・アト・タルカンが《ソロン》への移乗を決めたと聞いても驚かないだろう。三隻の船がXドア宙域に帰還して以来、老カルタン人の頭にあるのはただひとつ、《バジス》のアーカイヴを徹底的に探ってベングエルに関する情報をかき集めることだった。むろん、この奇妙な種族に関するデータは皆無《かいむ》で、成果はほとんどない。そういうわけでオーグ・アト・タルカンは、ハンガイ銀河にもどって調査をつづけられるチャンスに飛びついた。《ソロン》のあらたな任務を知るとすぐニッキ・フリッケルのもとに押しかけ、とうとうニッキも折れたというわけだ。ダオ・リン＝ヘイも、かつてのアッタル・パニシュ・パニシャをひとりで行かせるに忍びず、同行すると決めた。この決定にはニッキもことのほかよろこんだ。

　ジェフリー・ワリンジャーの約束どおり、《シマロン》の換装は四四八年一月四日の午後に完了。要員たちも船内にもどった。船に幽霊が出るというおかしな噂が流れはじめたのは、その数時間後である。これがレジナルド・ブルの耳にもとどき、かれは〝幽霊を見たと主張する者は、それについて報告すること。そのさい口にした言葉は生涯ついてまわる〟と、全船放送で告知。それ以降、噂は地下にもぐった。結局、前よりも用心深くひろまっていっただけなのだが。

《シマロン》のスタートはNGZ四四八年一月五日、午前三時と決定した。

＊

その日の午前八時ごろ、レジナルド・ブルは自室に入った。せめて五時間は夢も見ずにぐっすり眠ろうと心に決めて。《シマロン》は予定どおりスタートしている。メタグラヴ・ジャンプでハンガイ銀河のストレンジネス障壁をこえ、銀河主平面の恒星凝集体がもっとも外に押しだされていない場所で浮上し、最初の方位確認をおこなったところまではすべて計画どおりだ。

ストレンジネス障壁を通過しても、あとあとまで作用がのこることはなかった。せいぜい数秒ほどしかつづかない。人によって程度の差はあるものの、みなすこしのあいだ目眩《めまい》を感じるくらいですんだ。

ハイパー空間を出て気づいたのは、宇宙の赤い背景放射が弱まっていることだった。人間の目では感知できないほどわずかな差だが、計測機器を見れば、ハンガイ銀河宙域で背景放射の温度がさがっているのがはっきりわかる。ハンガイがまだタルカンにあったとき、背景放射温度は……ハンガイだけでなく、死にゆく宇宙のあらゆる宙域で……上昇しつづけていた。これはとりもなおさず、タルカンが収縮していることをしめす結果だ。宇宙学者によれば、タルカンは終末期の崩壊状態にあり、温度の上昇は最終的には暗赤色の背景放射としてあらわれる。ハンガイは四分の一ずつメエコラーに移送されたが、そのさい独自の時空もろとも遷移したため、高い背景放射温度と赤い光をタルカンから持ち去ったのである。

メエコラーはいまも膨張しつづけている比較的若い宇宙だ。そこに埋めこまれてストレンジネス障壁にかこまれた状態のハンガイは、つねにエネルギー量を減らしていき、徐々に冷えはじめている。数年後には赤い背景放射も完全に消えるだろうというのが宇宙学者たちの見解だ。ハンガイ銀河の住民にとっては、あと一秒でも……むろん、宇宙的観点から見た〝一秒〟だ……遅れたら、あぶなかったということ。温度が上昇しつづければ、やがては熱死に向かう。死にゆく宇宙の物質と背景放射のあいだに温度面での均衡状態が訪れたとき、すべての有機生物は死に絶えるだろう。カルタン人の報告によると、ハウリ人の教えに触れた者たちはヘクサメロンの書にしたがって、六日めの終末を次のように考えているらしい。

〝種族は死に絶え、星々は消え去る。これは浄化だ。六の日を生きのびられるのは、ヘクサメロンの書の真理を信じる心を持つ者だけだから……〟

レジナルド・ブルはスクリーンに表示された測定値を見て、ざまあみろという気分になった。すくなくともこの一銀河の四分の三だけは、支配者ヘプタメルの狂気の終末論から逃れ、千五百億の恒星とともに通常宇宙に遷移したのだ。

ブルは自室に入ったさい、まずはじめにサーボ・システムが受信したニュースを照会した。ときおり不在中にメッセージや報告がくることがあるが、そのほとんどはプライヴェートな内容だ。オフィシャルなものなら司令室にとどくから。

「メッセージが一件ありました。内容は以下のとおり。読みあげます」と、サーボ。

「タルカンへの進出にハウリ人が気づいていないと思いますか？　いまやウル・アム・タロクの存在を知られてしまったわけです。ストレンジネス勾配がもっとも大きくなる場所で、かれらが待ちかまえていることもありうるのでは？」

その言葉にブルは引きつけられると同時に驚愕した。ハウリ人は宇宙間をなんの制約もなく自由に動ける手段を持つ。ベクトリング可能グリゴロフ・プロジェクターと同じ理論で作動する宇宙間エンジンがあれば、ギャラクティカーの船がどういう道をたどってタルカンに飛来してくるか、いともかんたんに計算できるだろう。

「だれからのメッセージだ？」

「サインがあります。〝他人の宿所に忍びこんでプライヴェート領域の記憶バンクにアクセスした者より〟」

「ベネカー・ヴリング！」ブルは歯噛みした。「いつか首根っこをひねってやる！」

＊

その後ワインを一杯飲みながら、ブルは思いをめぐらせた。ロボット整備スペシャリストに対する怒りは、すくなくともこの件に関しては不当なものだろう。乗員ならだれでも《シマロン》の最高指揮官に個人的メッセージを送れるのだから。それに、ヴリングの指摘はけっして軽率な内容ではない。反対に、心配して注意をうながしてきたのだ。レジナルド・ブルはかんしゃく持ちというのが大勢の見方である。昔はいまよりもっとひどかった。よくアトランから〝ニトログリセリンみたいな男〟といわれたことを思いだし、かれは苦笑いを浮かべた。自分では温和でがまん強い性格だと思うのだが。しかし正直いうと、たしかにここ数日、さしたる理由もないのにかっとなることが多かったかもしれない。

理由はわかっている。心の奥底をかき乱され、バランスを失っているのだ。かれは自身を責めた。構造歪曲の内部にいたさい、もしかしたらウル・アム・タロクを殲滅し、ヘクサメロンの計画がもたらす危険をはらいのけるチャンスをつかんでいたかもしれない。はらいのけるとしても最初のうちだけだが……たったひとつの宇宙ステーションが破壊されたくらいで、六日間侯爵たちが計画をあきらめるわけはないから。ただちに新しいステーションの建造がはじまるだろう。

しかし、自分は安易な道を選んでしまった。ハウリ人がこれ以上のウリアンの損傷は避けたいと考えてこちらに逃走の機会をあたえたことに気づき、即座に跳びついたのだ。そうせずにウル・アム・タロクの殲滅をめざしていたら、《シマロン》と《ソロン》と《マイ＝キ》は放射性の塵《ちり》に変えられていたにちがいない。むろん、構造歪曲内部でのハウリ人の軍事行動は最初はわずかだったが、かれらはいつでも増援を呼ぶことができる。いずれは三隻とも優勢な敵にやられていただろう。

あのときブルは、こう考えて自身を納得させたもの……二千人あまりのギャラクティカーと数百名のカルタン人を確実に死へ追いやる決断をくだす権利は、自分にはないと。多くの知性体がわたしに運命をゆだねている。その信頼を失ってはならない。そう思ったのだ。

だが、いまはちがう見方をしていた。ウル・アム・タロクは局部銀河群にとって致命的な危険を意味する。いずれギャラクティカムがすべての戦力を投じて構造歪曲に押し入り、宇宙ステーションを殲滅しようとするにちがいない。そうなればジェフリー・ワリンジャーのいったとおり、ヘクサメロンは自分たちの手先であるハウリ人の苦境を座して見守ったりせず、あらゆる技術手段でこちらの脅しをしりぞけるだろう。きびしい戦いになる。犠牲者の数は十万をくだるまい。

そう考えると、あのとき自分が出した決定は、いまになれば責任感のあらわれというより怯懦《きょうだ》のなせる行動だったのではないか。ここ数日、そのことで悩みつづけている。だから本当はそうじゃないのに、とっつきにくい男になってしまったのだ。内心の不安を周囲にぶちまけるものだから……と、自分では考えている……ふだんよりいやな性格になっているのだ。

士気の面からすると、ウル・アム・タロク宙域での決定は正当化できない。せいぜい、あとから考えて戦略的な理由づけができるくらいのものだ。タルカンの一銀河を通常宇宙にうつすという計画に〝それ〟が実際に関わっているなら、ヘクサメロンが苦境におちいったハウリ人を掩護しはじめたとたん、介入してくるはず。そうなれば、ウル・アム・タロクでの戦いはまったく異なる経過をたどり、犠牲者も増えずにすんだかもしれない。

そんな話を、ブルは前にウェイロン・ジャヴィアとジェフリー・ワリンジャーにしたことがあった。いまはこの希望にすがるしかない。

そのときだ。どこからともなく声が聞こえた。

「自己分析に専念しているようだが、べつの問題を指摘してもいいかな」

レジナルド・ブルは思わず立ちあがった。周囲を見まわし、

「だれだ？」と、言葉を吐きだす。

「それはどうでもいい」声は空中から響いてきた。「伝えたいことがある。よく聞いてもらいたい」

　ブルはゆっくりと椅子にすわりなおした。知らない声。耳でキャッチできる音だが、サーボ・システムでないことはたしかである。相手がだれであれ、語りかけてくる前にこちらの思考を読んでいるから。サーボにそんな芸当は不可能だ。では、だれが……？

「きみは近ごろハンガイ銀河へ頻繁に飛んでいた」姿なき声はつづけた。「そうすれば可能なかぎり多くストレンジネスに対する免疫を獲得できると思って。その行為こそが内面のバランスを崩す原因だとは考えられないか？」

「なぜだ？」ブルは当惑して、「ストレンジネスがわたしの内面にどう作用する？」

「プシ第五列について聞いたことはあるかね？」

「もちろん」と、むっつり答えた。

　〝プシ第五列〟とは、理論上の極超短波をあつかうハイパー物理学者のグループだ。《バジス》ではプシオン・エネルギーと有機意識の相互作用を研究している。

「すべての有機知性体はプシオン性オーラを持つ。プシ第五列の面々が発見した理論によると、最近のきみみたいにストレンジネス値の急激な変化に見舞われた場合、そのオーラが損傷を受ける可能性も否定できないそうだ」

「ただの推論だろう！」ブルは反論した。「ところで……なぜそんな話をわたしに？」

「内なる不安の原因を探していたからだ」声が答える。「きみは原因が自身にあると考えているが、外部に由来する可能性もある。そのことをしめしたかった。ストレンジネスがなんなのか、きみは知らないだろう。だれも正体を知らないストレンジネスは、これまで知られている以上に危険なものかもしれない。それに注意を向けてほしい」

「あなたはだれだ？」

　答えがない。見えない語り手は消えてしまった。かくれた受信機がどこかにないか、サーボ・システムに問い合わせたが、見つからない。声はサーボの音声装置から聞こえたのではなかった。サーボも同じ声をキャッチし、記録していたのだから。しかも、そのあいだキャビンにはレジナルド・ブルのほかにだれもいなかったと証言した。

　ブルはすぐに記録データのコピイを作成し、技術部門のメインラボに調べさせた。これにより、ブルと見えない者との不気味な出会いは周知の事実となる。指揮官まで幽霊現象に巻きこまれたと知り、乗員たちは溜飲をさげたもの。

　以後、《シマロン》では幽霊について堂々と語られるようになった。

＊

　日常のごたごたにとりまぎれ、ひとつ見すごされたことがある。エイレーネのことだ。

ハンガイ銀河をはじめて訪れる彼女は、本来ならストレンジネス値の急変に対する免疫を持たないはず。ところが、ストレンジネス障壁を突破するさい、なんの影響も受けずに持ちこたえたのだ。まるで十数回もテスト飛行をこなしてきたかのように。《シマロン》が障壁を突破する瞬間を恐れることもない。彼女はそんな自分を奇妙な気持ちで受けとめた。ストレンジネス値の変化が自身に作用をおよぼすことはまったくないと、意識下のどこか深くに確信があったのだろうか。

　ただ、それについて長く考えたりはしない。自分が人とちがうことは知っていたから。そのせいでときおりつらい思いもした。見た目は純粋なテラナーでも、彼女の母はコスモクラートの具象だ。その素質が自分にも受け継がれている。子供のころ、エイレーネはさまざまな超能力を発揮し、よくまわりを驚かせて遊んだもの。成長するにつれて能力が影をひそめ、潜在状態になったときはうれしかった。ふつうの人間として生きることをなにより望んでいたから。だけど、自分のなかにある異質で非人間的なものがいつ表にあらわれるかわからないという不安はのこった。ストレンジネス障壁をなんの影響もなく乗りこえたのは、そうした性質が消えていなかったことの証明といえよう。

　何重にも折れ曲がった《シマロン》船殻にはあちこちに観測ドームが設置されている。船が最初の方位確認をはじめると、エイレーネはそのひとつにおもむいた。金属の硬度を持つ耐熱グラシット製のドームに入ると、周囲の宇宙空間がさえぎるものなく見わたせる。当直の技術者がやってきて、この小天文台にそなえつけられた複雑な装置類を説明しようと親切にも申しでたが、彼女は丁重に断った。

「おじゃまでなければ、ここで未知の星々を見ていたいの。べつの宇宙の銀河なんて、はじめての経験だから」

技術者がうしろにひかえたので、エイレーネは遠慮なく暗赤色の背景に彩られた壮大な星々の眺めを目に焼きつけた。ドームの透明壁を通してその光景を見れば見るほど、不思議な気持ちになる。惑星サバルにある〝はじまりのホール〟で同意の刻印を受けたときのことを思いだした。ネットウォーカーの仲間入りをしたあと、クエリオンのウィボルトから宇宙全体のヴィジョンを見せられ、モラルコードの作用について説明を受けたのだ。ウィボルトは最後にこういった。

〈感じられたかね？　ドリフェルがきみに情報をわたそうとして、それを受け入れる余裕がないと判断し、撤退していったのを？〉

「感じたわ」と、彼女は答えた。

いまもあのときとまったく同じだ。滅びゆく宇宙タルカンからきた異銀河の星々を眺めながら、エイレーネは思いをめぐらせた。一宇宙から銀河をまるごとべつの宇宙にうつすには、いったいどれほどの力が必要なのだろう。ここでくりひろげられていることは、けっして理解できない気がする。あまりに壮大すぎて、有機体の脳では把握できないものごとがあるのだ。わたしにはそれを受け入れる余裕がない。

　踵を返そうとしたとき、なじみある声が聞こえた。九カ月以上も耳にしていない声。

「ゲシールなの？」と、驚いて口にする。

「いまは話してはだめ、エイレーネ」声はいった。「あなたたちは大きな危機にある。宇宙間の境界は、術策やエネルギーで突破できるほどかんたんなものではないわ。それは死の境界。長い時間がたってはじめてその影響がわかるだけに、より危険なの。あなたは大丈夫、エイレーネ。あなたのなかにはコスモクラートの遺伝素質が眠っているから。でも、ほかの人々にとっては破滅を意味する。それを救えるのはあなたしかいない。ひとつおぼえておきなさい。あなたは前に一度……」

　そこで声はとだえた。

「ゲシール？　お母さん？」

　エイレーネは動揺して呼びかけたが、返事はない。ドームの薄暗い空間から天文技術者がやってきて、心配そうに声をかけた。

「なにかあったのかい？」

「声が聞こえた？」エイレーネはたずねた。

「きみの声ならね」と、答えがある。「〝ゲシール？　お母さん？〟といっていた」

「それ以外は？」

「なにも聞こえなかったよ。どうした？　気分でも悪いのか？」

「なんでもない」エイレーネはどうにか笑みを浮かべて、「これ以上お仕事のじゃまをしちゃいけないわね。外の景色を見せてくれてありがとう」

　キャビンに帰る道すがら、彼女はゲシールの言葉をくりかえしつぶやき、不安に襲われた。母がいったのはどういう類《たぐ》いの危険なのだろう？　その危険を払拭《ふっしょく》できる者が、なぜ十七歳の自分しかいないのか？

　自室に着いてほっとした。ドアを閉め、シントロン錠で二重に施錠する。ベッドに横たわってリラックスしようとしたが、できなかった。不吉な予感が湧きあがり、エイレーネは心の平安をかき乱された。

4

そのホールには整然とブースがならんでいた……一列に五十カ所、ぜんぶで十列ある。ここは本来なら貨物用なのだが、《シマロン》の今回の飛行では搭載貨物はわずかだ。

「貨物室をぜんぶで三つ、こんなふうにしつらえました」首席技師のヴェエ・ユィイ・リィが説明した。「いちばん収容数が多いのはここで、五百名が入れます」

長身痩軀《そうく》のブルー族は、種族特有の甲高《かんだか》い声で話す。《シマロン》乗員の八十パーセントはテラナーかテラに出自を持つ人類なので、数すくない地球外ギャラクティカーのひとりだ。巨大船の首席技師というのは、昔なら船の二等航海士に匹敵する。ヴェエ・ユィイ・リィは銀河系でも著名な学校で技術を習得し、広範な知識とあふれる直観力で、技師としての能力をこれまで何度も実証してきた。そんなかれにレジナルド・ブルは全《ぜん》幅《ぷく》の信頼をおき、〝冬眠作戦〟の指揮をまかせたのだった。

ブルはホール内を見わたし、

「なんだかカタストロフィの到来を待ってる病院みたいだな」

そういって顔をしかめると、天井全体にとりつけられた、旧式スピーカーの巨大版みたいな構造物をさししめした。

「あれがヒュプノトロンか？」

「そのプロジェクターです」ブルー族が答える。「自動作動コントローラーは壁に設置してあります」

指さした先には制御盤らしきものがあった。出入口近くの壁に埋めこまれ、赤いコントロール・ランプがひとつだけ光っている。いまは停止中ということ。

「ブースのなかに寝転ぶとヒュプノトロンが作動し、すぐに心地よい眠りが訪れるのだな？」と、ブル。

「そんな感じですね。眠りに誘導するのは精神物理学の手法でして。プロジェクターから出る極超短波のハイパーインパルスが、意識中枢を麻痺させるのです。インパルスの強さによって、麻痺は数秒から数時間のあいだつづきます。今回の計画では持続時間を三十分に設定しました」

「だが、全乗員がここやほかの貨物室のどれかに収容されるわけではないのだろう？」

「そのとおり。乗員のうち五名には司令室で〝冬眠作戦〟を実行します。あなたもそのなかに入るでしょう。ほかにも火器管制や中央コンピュータ・ラボなど、重要な部署に所属する者は単独で眠りについてもらいます。あともうひとり、個人的に単独睡眠を希望したので応じました」

　これは聞き捨てならない。

「個人的に？」ブルはおうむ返しした。「だれが個人的希望を出したんだ？」

「エイレーネです。自室で眠りにつきたいと」

「ふむ」ブルはそれだけいい、もう一度プロジェクターを見あげる。「あれをためしてみたか？」

「もちろんです。何百回とテストしました。絶対確実に作動し……」

「いや、そういう意味じゃない」ブルは技師の言葉をさえぎって、「システムが絶対確実なのはわかっている。ためしてみたいのはヒュプノトロンでなく、自分自身だ。あれを使って眠りに入るとどうなるか知りたい」

　ヴェエ・ユィイ・リィはわずかにためらったが、やがていった。

「いいでしょう。持続時間を数秒にセットします」

「よし、やってくれ！」ブルはいつものとおりそっけなくいうと、すぐブースのひとつに入り、寝転がった。

　出入口に向かうブルー族の足音が聞こえる。しばらくして、どこかからちいさなハム音が聞こえた。頭を脇に動かすと、制御盤が作動してランプが色とりどりに光るのが見えた。

「システムが安定するまで三十秒ほどかかります」ヴェエ・ユィイ・リィが声を張りあげる。

ブルは緊張を解いた。やがて、ハム音が大きくなる。視野がせまくなり、輪郭のないグレイの壁が全方向から押しよせてくるように感じた。疲労感に襲われ、まぶたが重くて開けていられない。最後に目に入ったのは、頭上で光るヒュプノトロン・プロジェクターの同心円だけだった。

意識が一セクターずつ麻痺していくのがわかる。すべてをつつみこむやさしい眠りに身をまかせようとしたそのとき、突然、ものすごい不安に襲われた。理性の最後のひらめきで、この実験は失敗に終わるとわかった。暗闇のなかに危険が待ちかまえている。かれは起きあがって叫ぼうとした。

しかし、すでにヒュプノトロンが作動している。

すべてはレジナルド・ブルの想像とまったくちがっていた。

*

かれは高みを浮遊していた。眼下には人工的に合成したような異質な世界がひろがっている。かなり高速で移動しているというのに、頬に当たる風は感じないし、暑くも寒くもなかった。集中すれば感じられるはずの、神経や筋肉の動きもわからない。

それもそのはず。自分を見おろしてみてわかったのだが、肉体がないではないか。非物質存在となっている。視覚および聴覚は働いているので、見たもの聞いたものを思考で処理することはできるが、それだけだ。

ただ、おかげで不安は消えた。肉体がなければ直接の危険もあるまい。記憶ははっきりしている。ヴェエ・ユィイ・リィが作動させたヒュプノトロンによって、自分はいま一時停止中の動画みたいな状態にあるのだ。ただ、なにかがうまくいかなかったらしい。実験は数十秒で終わるといわれたのに、もう何分も異質な風景のなかを移動している。しかも、深層睡眠のあいだに夢や幻影を見るという話は聞いていない。

レジナルド・ブルは運命論者なので、自分の力で現状を変更することはできないとわかっていた。肉体のない状態で異世界を漂うあいだは、非現実が提供するものを見聞きするとしよう。ほかに選択肢はないのだから。

明るいグレイの幅ひろい帯が下に見える。道路のようだ。ブルはその上空、五百メートルほどの地点を浮遊していた。道路には車が何台か見えるが、奇妙なことに、車間距離はすべて一定だ。かれの前方にも後方にも同じ台数の車が、同じ速度で走っている。車間距離はいずれも百メートルほど。交通の流れはきわめて規則的だった。

道路はとても手入れのいきとどいた印象の広大な草地へとまっすぐつづいていた。左右には地平線までのびている森があり、ゆるいカーブを描いて草地と接している。だが驚いたことに、そのカーブの具合が鏡にうつしたみたいに同じなのだ。道路を縦軸として、完璧に左右対称になっている！　自然の風景とは思えない。まるでフランス式庭園のようだ。

地平線上に都市の輪郭が見えてきた。正方形の建物がみごとに均等にならんでいる。道路は都市のまんなかを貫いており、その両側にならぶ建物はこれまた鏡にうつしたごとく同じだ。都市に近づくにつれ、ブルはなにもしていないのに高度が落ち、道路の端にいる歩行者の姿が見えはじめた。ヒューマノイドのようだが、種族名はわからない。歩くリズムはみな一定で、各人のあいだの距離がひろがることも縮むこともない。道路の左右にいる歩行者の数もまったく同じだ。右は都市に向かう者、左は都市を出る者。ブルは突然、自分が見ているのはほんものの都市の風景ではないという気がしてきた。ぜんまい仕掛けの人形が住む積木の建物……すべてが秩序とシンメトリーからなる悪夢の世界。もし宇宙のどこかにこんな都市が本当にあるなら、とりこわされて有機物と交換される運命だろう。

さらに降下していき、左右に建物がそびえるあたりまできた。いまの高度は道路から五十メートルほど。道路のつづく先に円形広場があり、その中央に正六角形の建物が見える。高さはあまりないが、さしわたしはかなりのもので、ひとつの面がゆうに半平方キロメートルはありそうだ。六つの角のそれぞれに角柱形の塔がそびえている。近づいてみると、各塔の先端部に発光文字が浮かびあがった。ブルにははじめて見る文字で、それがつくる文章も読めない。ところが奇妙なことに、なんと書いてあるかわかったのである。そこにはこうあった……〝秩序は神聖、法則は冒瀆《ぼうとく》〟と。

〝法則〟がなにをさすのかわからないため、意味不明だ。見ると、道路は六角形の建物の向こうにものびており、そこでもやはりシンメトリックな都市がつづいている。都市は全体で直径三十キロメートルほどの円を形成しているとわかった。

いま、ブルは円形広場の中央上空にいた。自身では動きを制御できず、六角形の建物の上を浮遊している。すると突然、あたりが暗くなり、広場に影が落ちた。見あげると、さっきまで白かった空が赤みを帯びていて、その色が全方向から、黒い雲がひろがるごとく空を埋めつくしていく。だが空の中心にだけは、ぎらぎらと真紅に燃える光がひとつのこっていた。

空から鈍い轟音《ごうおん》が響き、しだいに強さを増していく。そのときブルははじめて、感覚がもどってきたことに気づいた。熱を感じる。肉体はないのに、肌が焼かれるようだ。下のほうから悲鳴が聞こえた。見おろすと、歩行者たちがパニックに襲われている。かくれ場を探そうと思ったのか、必死で六角形の建物に駆けこんでいく。道路上にもさっきまでのような秩序は見られない。都市から出てきた車が道路のまんなかで方向転換し、同じ道を円形広場中央の建物に向かって走りはじめた。この危険運転によって正面衝突が発生。ブレーキ音がして、衝突音と叫び声があがり、どんどんひどくなっていく。耐えがたいほどの熱さだ。ブルは髪が焦げたように感じた。眉毛が焼けてちりちりいう音が聞こえた気がする。息ができない。肉体を持たないのだから、呼吸の必要もないはずなのに。

空が溶けはじめた。天頂の燃える光が縦に大きくちぎれ、都市に落ちてくる。落ちた場所から火の手があがり、爆発が起きて、有毒物質のキノコ雲が噴きあがった。あたりに悪臭がたちこめる。人が生きたまま焼かれるにおいだ。

空が裂けた。ブルはもう自分の感覚を制御できない。そんななか、燃えさかる炎のあいだに一ヒューマノイドの影を見た気がした。女の影だ。その目はぎらぎらと光り、顔にはおさえきれない怒りが浮かんでいる。彼女は熱い空気を震わせるほどの大声で叫んだ。

「秩序は悪魔の産物だ！　真実は法則のみ！」

そこで突然、バランスが崩れるのを感じた。墜落する！　目の前が暗くなった。下のどこかにあるはずの六角形の建物の屋根に追突して、粉々になるだろう。

すると、いきなりすべての音が消えた。鈍い轟音も、歩行者の悲鳴も、車のブレーキや衝突音も。そして、声が聞こえた……妙になじみのある声が、驚いたような口調のテラ語でこういっている。

「なにかとんでもない不具合があったようですね」

ブルは目を開けた。ひどく散らかった薄暗い部屋の床にうずくまっているのがわかる。目の前に木製テーブルがひとつ見えた。テーブルの上には、ひろがった笠のついた旧式の白熱電球ランプが揺れていて、脇から自分をのぞきこむ者がひとり……ひょろりとして痩せた男だ。心配そうにこちらを見ている。

「ベネカー・ヴリング」ブルはうめいた。「またきみか？」

*

痩せた男はレジナルド・ブルを抱きかかえて持ちあげた。ブルはされるがままだ。考えをまとめるのに忙しかったから。この数分間に起きたことの意味を知りたい。クロノグラフを見ると、ヴェエ・ユィイ・リィがヒュプノトロンを作動させてから実際は四分しか経過していないとわかる。すべてがシンメトリーの異世界ですごしたはずの時間より、はるかにみじかい。だが、それについて頭を悩ませる必要はなかった。夢や幻想のなかには独自の時間感覚が存在するのだから。

それよりもっと重要なことがある。

「わたしはどうやってここにきたんだ？」ベネカー・ヴリングに助け起こされながら、ブルは訊いた。

「こっちが訊きたいですよ」と、ロボット整備スペシャリスト。「いきなり〝ぽん〟と音がして、あなたがそこに寝ていたんです」

ブルは周囲を見まわした。

「そもそも、ここはどこだ？」

「わたしのプライヴェート・ラボです。場所はBデッキの二」

「インターカムはあるか？」

「もちろん」ヴリングは旧式ランプの明かりがとどかない暗い場所に姿を消し、「いまスイッチを入れました。話ができますよ」

「ヴェエ・ユィイ・リィ、応答しろ！」ブルは呼びかける。

数秒後、暗闇にヴィデオ・スクリーンがあらわれ、ブルー族の皿頭がうつしだされた。前方の両目を見れば、困惑しているとわかる。

「レジナルド・ブル、いったいどこにいるんです？　姿が見えませんが」と、首席技師。

「この場所があまりに暗いせいだ」ブルは文句をいった。ヴェエ・ユィイ・リィのうしろに整然とならんだブースが見える。「Bデッキ第二区画にいる」

「なんでそんなところに？」

「わたしにもわからん」ブルはそう認めてから、「そっちでなにかわかったことは？」

「あまり多くないですが」ブルー族は答えた。「システムが異常な動きをしたため、自動分析装置を使って原因を調べたのです。それから振りかえると、あなたが消えていた。ヒュプノトロンは予定の持続時間が過ぎたあと、自動停止しました。なにが起きたのかさっぱりわかりません」

ブルは首を振り、

「なにもかも謎めいている。モニターを調べさせよう。問題の時間になにか異状を検知したかもしれない」そういって額をなでた。「いちばんいいのは、この件で頭を悩ませないことだ。いずれ時機がくれば自然に解決するだろう。いいか、ヴェエ。いまから司令室に向かう。待っていろ」

接続が切れた。ブルはベネカー・ヴリングに向きなおる。ブルが話しているあいだも、かれはずっとそばにいた。またいつ出番がくるかもしれないと思ったのだろう。

「気づかってくれてすまない」と、謝意を告げた。「わたしをかかえあげたときにわかったが、きみは見た目より力があるんだな」

「いや、たいしたことありません」ヴリングは照れ臭そうな笑みを浮かべ、「礼をいわれるほどのことでは」

「ここでなにが起きたか、本当に知らないのか？　たしかか？」

「ここで？　いつ……つまり、なぜわたしが知っていると思うんです？」

ブルは痩せこけた男を鋭い目で見つめた。

「わたしはきみを信用できない、ベネカー・ヴリング。きみは非常に抜け目ない男だ。その大きな耳でなんでも聞いているはず」ブルはそういうと、右のひとさし指を脅すように動かす。「だが、いつか策略を見破ってやるぞ」

決然とした足どりでドアに向かい、開けて通廊に出ようとしたそのとき、背後からヴリングの声が聞こえた。

「あなたが見破ろうとする策略が本当に存在するとしても、いずれわかりますよ……わたしの行動はすべてあなたと、あなたの彼女のためを思ってのこと」

その言葉を聞くが早いか、ブルはなにかいおうとした。しかし、よく考えた結果、それはやめてヴリングのもとを去り、もよりの反重力シャフトでメインデッキに向かう。

ただひとつ、頭にのこることがあった。〝あなたの彼女〟とは、いったいだれなのだろう？

5

ハンガイ銀河の主平面を、数十万光年はなれたところから真下に見れば、四分の一が切りとられたケーキのようなかたちをしている……そんなふうに思う者もいるかもしれない。だが、これはいくつかの点において、自由な空想力がないとできない発想だ。第一。光の拡散速度は有限なので、ＮＧＺ四四八年一月八日の時点で主平面から数十万光年のポジションにいる観察者にはハンガイは見えない。異銀河の眺めはハイパー探知機によってのみ確認できる。第二。銀河の幾何学的形状はケーキのように単純ではない。明るく輝く巨大銀河核からは無数の渦状肢がのびているし、星々の集まりは完全な白色ではなく、塵のような星間物質が染みをつくっている。渦状肢の厚みもどこも均等ではないため、あちこちに結び目や隘路《あいろ》が存在する。

とはいっても、おおまかにいえば、切りとられたケーキの図は正しい……ハンガイのことをなにも知らない観察者が予断を持たずに見たら、なんだか不完全な銀河だと気づくだろう。全周十三万光年におよぶ円形構造物の四分の一が欠けているのだから。

そんなふうにハンガイ銀河を円と考えると、欠けたセクターの境界をなす二本の直線は、四四七年一月三十一日にタルカンから通常宇宙に遷移した最初の四分円および、十一月三十日に遷移した第三の四分円の半径になる。欠けている部分の先端がすなわち、ハンガイの重力中心というわけだ。

《シマロン》は第二の四分円を通って航行している。銀河中心近くまで行ったら、第三の四分円に数百光年ほど入りこむ予定だ。そこから境界を突破すれば、いつになるかは未確定だが、船はハンガイ第四の四分円の星々めがけて実体化するだろう。とはいえ、空虚空間に出てしまっては元も子もない。境界のどこかに、ストレンジネス勾配が最大値になる場所がある。宇宙間のバリアを突破してタルカンに向かうには、その場所で決定的なメタグラヴ・ジャンプを実行しなければならない。このジャンプをおこなうポイントを、ジェフリー・ワリンジャーは〝作用点ゼータ〟と名づけた。

時間と空間と運動量を正確に決めて作用点ゼータに飛ぶことが、非常に重要となる。《シマロン》は作用点ゼータのすぐ手前でハイパー空間を脱し、長めの方位確認フェーズに入ることになっていた。測定結果のパラメータを正確にもとめれば、方位確認に最低どれくらいの時間がかかるか容易に導きだせる。百六十七分である。その時間を利用してグラヴィトラフ貯蔵庫の最終エネルギー充塡もおこなう予定だ。

レジナルド・ブルはベネカー・ヴリングの警告をことのほか深刻に受けとめた。コンピュータ・メモのかたちで受けとった内容では、作用点ゼータ近傍でハウリ人艦隊が非常線を張っている恐れがあるという。ヴリングのいうとおり、ハウリ人はウル・アム・タロクを発見されたいま、ギャラクティカムがタルカンに伝令を送りこむ可能性を計算に入れているにちがいない。ベクトリング可能グリゴロフ・プロジェクターの原理を把握していれば、どこで待ち伏せれば伝令の部隊を捕まえられるかわかるはず。

百六十七分は長い。ハイパートロップがグラヴィトラフ貯蔵庫にエネルギーを送りこむあいだ、《シマロン》は数百光年はなれた場所からでもなんなく探知可能となる。そのため、重要なのは作用点ゼータ宙域のようすを前もって把握しておくこと。ハンガイの第三クオーターに進入したのち、《シマロン》は何度も短時間だけハイパー空間から出ては、作用点ゼータの状況を遠距離探知で確認した。敵が近くに待機していないか、もしいる場合、正確なポジションはどこになるか。

ただ、これもかんたんではない。ハウリ人が動きをひそめ、エネルギー放射を最小限にして待ち伏せていることも考えられるから。その場合、宇宙船の散乱インパルスはわずかなものになる。だから根気強くあたるしかなかった。散乱シグナルがないからといって、疑わしい宙域に敵がいないと考えるわけにはいかない。じっと耳をすましつづけ、わずかなハイパーエネルギーの動きにも注意を向けなければ。《シマロン》のミッションは決定的な意味を持つ。ハウリ人は危険な敵だ。かれらの技術はギャラクティカーのそれに匹敵するばかりか、場合によっては凌駕《りょうが》する。だが、なにより危険なのは死を恐れない点だった。ヘクサメロンに仕える身にとって、死は支配者ヘプタメルの帝国へと直接つながる道だから。

レジナルド・ブルはわずかなリスクもおかす気はなかった。《シマロン》はタルカンに到達しなければならないのだ。

*

「こんなにおとなしいきみを見るのはじつに久しぶりだ、ちび」ブルはいった。「自動キッチンの食事が口に合わなかったか？」

とびきりの食卓である。皿はほんものの陶磁器で、こういう機会のために借りてきたもの。《シマロン》でも最高級品のひとつなので、反撥・牽引フィールドで安全をたもっている。この祝宴に向け、サーボ・システムがシャンデリアに似た照明具をフォーム・エネルギーでつくりだしていた。空調のかすかな風を受けて、ろうそくを模したランプの火が揺らめく。奥のほうではしずかな音楽が流れている。

船内支給の単調な食事に変化をつけるため、レジナルド・ブルは二日に一度、特別な夕食をとることにしていた。たいていはゲストをひとり招く。この日の相手はちいさな親友だ。

グッキーの好物がニンジンだけというのは噂にすぎない。ブルはえりすぐりの野菜をとりまぜ、生や蒸した状態で供していた。ところが先ほどからイルトは、かれの手に合わせてつくられたフォークで、皿のごちそうを興味なさそうにつつきまわしている。

「ぼく、気分が悪いんだよ、ブリー」グッキーの返事だ。「ここんとこ、ずっと調子が出ないんだ」

「どんなふうに？」ブルにも友の不調が深刻であることはわかった。

「暑かったり寒かったりするし、空耳が聞こえるし、よく眠れない。ときどき、まったく現実じゃない世界にいるような気分になる」

ブルはローストビーフのひと切れを器用にまるめ、自分で考案したクリーム色のソースに浸すと、こぼさないよう慎重に口に運びながらいった。

「おまえさんも独身生活が長いからな。ガールフレンドがほしいんだろう」

グッキーはなにやら音を発した。想像力をたくましくすれば、あきらめの嘆息に聞こえなくもない。

「まあね。でもさ、きょうび、どこに女イルトがいるっての？」

このあいだにローストビーフはぶじ〝目的地〟にたどりついた。

「クローンだよ」ブルは肉を頬張りつつ、「いまはなんだってクローン培養できる。考えてもみろ、好きなだけ美女にこさえられるんだぞ！」

「ごめんだね、クローンの女ネズミ＝ビーバーなんて」グッキーはきっぱりいった。

「それに、ぼくの不調はそんなんじゃなくて、物理的な話なんだ。どうもえたいの知れないものを感じる。ここ、なんかいるよ。あんたが怒るってわかってなけりゃ、《シマロン》には幽霊がいるっていいたいとこだけど」

「結局いってるじゃないか」ブルは文句をいい、ローストビーフの最後のひと切れをせっせと噛んでのみこんだ。「ま、それを聞いたってなんとも思わん。わたしだって肉体をなくして見知らぬ都市を漂ったあと、気がついたらベネカー・ヴリングのプライヴェート・ラボにいたんだ。ここはなんだかあやしいと自分でも感じている」

「調べてみて、なんかわかった？」グッキーは訊き、やわらかく煮たホウレンソウをすこし口に運んだ。

「問題の時間にハイパーエネルギーインパルスが一本、計測されていた」と、ブル。

「フーリエ解析の結果、十五メガヘフから八十テラヘフまでの周波で構成されたものと判明した。はっきりしたピークが五つ記録されている」

「どっからきたんだろ？」

「わからん。発信源は特定できなかった」

イルトはいっぺんに食欲をとりもどしたらしく、勢いよくフォークをつかむと、ホウレンソウやニンジンやキャベツを口のなかにかきこみはじめた。むきだした一本牙《きば》の奥へと、野菜がどんどん消えていく。

「ベネカー・ヴリングってのはおかしなやつだね」

友がいきなり話題を変えたので、ブルはとまどった。

「どういう意味だ？」

「かれの思考といったら、秩序と魔力を持つ言葉とボルツマンのことだけなんだ」

「また人の思考を盗み聞きしたな！」ブルが叱りつける。

「わかってる、わかってるって」イルトはそういいながら、なんの罪悪感もおぼえていないようだ。「あいつが悪いんだよ。なんでそんな変なことばかり考えてるんだろ？」

「秩序と、魔力を持つ言葉と、ボルツマン？」ブルはくりかえした。たしかに奇妙な組み合わせだと、いまさらのように気づく。「なぜ魔力が出てくる？　あと、ボルツマンとはだれだ？」

「ルートヴィヒ・ボルツマン。大昔の物理学者だよ」

思いだした。統計力学の開祖、ルートヴィヒ・ボルツマン。かれの導きだしたボルツマン定数と状態数の自然対数をかけ合わせたものが、エントロピーである。この基本的物理法則を、ブルはコロラド・スプリングスにある空軍学校の士官候補生だったころに勉強させられたおぼえがある。なんと、もう二千年以上も前の話だ！

「かれの思考を探ったけど、ほかにはたいして収穫がなかった」グッキーがつづけた。

「魔力を持つ言葉ってのがなんなのかもわかんないし」

「ベネカー・ヴリングにかまうな」と、ブル。「変わり者だし、なにかかくしている。そう見せないようにしているがな。近いうちに正体がわかるだろう」

「もうわかってるような口ぶりだね」グッキーは疑り深くまばたきした。

「予感していることはあるが」そういってから、ブルは脅すようにひとさし指をあげて、「わたしの思考を探ろうなどと思うなよ！」

「心配すんなって。あんたの脳みそはお見通しだからさ」

グッキーがキャビンを去ったあと、ブルは古めかしい〝おじいさんの椅子〟にすわり、ワイン片手にその晩の会話を思いかえした。ネズミ＝ビーバーに対する助言は、自分のほうが真剣に考えるべきかもしれない。若かりしころのちょっとしたアバンチュールとか、一夜かぎりの関係はべつにして、最後に女性とつきあったのはいつのことだろう。

なぜ自分はペリー・ローダンやジュリアン・ティフラーのように、ひとりの女性とステディな関係にならなかったのか？　答えはわかっている。こちらの外見はずっと変わらないのに、愛する女が年老いていくのを見るのは耐えがたいのだ。意識の奥底にそういう心理的な壁がある。それは鋼のように硬く、女性と永遠の絆《きずな》を結ぼうという計画をことごとくだいなしにしてしまう。

もしかしたら、物心両面でケアを受けたほうがいいのかもしれない。こんな状態は治療可能なはずだと、ブルはむっつり考えた。

そのとき、インターカムの呼び出し音が鳴った。かれはいぶかしげに目をあげ、

「こんな遅くにいったいだれだ？」と、考えを声に出す。

スクリーンがあらわれ、イアン・ロングウィンの彫りの深い顔がうつしだされた。いつだって真剣な表情なので、いいニュースか悪いニュースか、その顔からは判断できない。

「探知を確認しました」と、《シマロン》船長。「散乱エネルギー・シグナルが三つ。明らかに高性能フィールド・エンジンによるものです。ハウリ人部隊が作用点ゼータに展開したということ」

*

レジナルド・ブルはいま、《シマロン》がハイパー空間から八回すばやく浮上するあいだに遠距離探知機が集めたデータを評価しているところだ。それでわかったのだが、作用点ゼータの宙域にハウリ人がいることはもう否定できない。いまや問題は、何隻が《シマロン》のコースに沿って展開しているかということと、各敵船の正確なポジションである。

そのとき、司令室の大型操縦コンソールにほっそりした姿が近づいてきたのに気づき、

ブルはっとした。

「エイレーネ！　もうキャビンから出てこないんじゃないかとあきらめていたよ」そういって訪問者を歓迎する。

ライムグリーンの船内コンビネーションを身につけた少女は、司令室内で高い場所にある操縦コンソールのポデストに向かう階段をあがってきた。なにもいわず、ブルの隣りの連結シートに腰をおろす。ひろい室内はしずかだ。《シマロン》と最初の敵との距離は百光年以上。そのあいだ、機器操作は最小に制限されている。

船長席にいるイアン・ロングウィンが作業の手をとめて目をあげ、親しげに手を振ってきた。エイレーネも挨拶を返す。ロングウィンには好感を持っているから。かれは知的で高学歴ながら謙虚という、特筆すべき性格の持ち主だ。それに対し、ラランド・ミシュコムはエイレーネが入ってきたことにも気づかない。彼女の持ち場はコンソールと執務デスクの反対側で、船長のすぐ隣りだ。目の前にヴィデオ・スクリーンを三基ならべ、シントロニクス結合体が描きだすデータ群のダイヤグラムに精神集中している。

「わたし不安なの、レジー」と、エイレーネはいった。

ブルはこっそり周囲を見まわした。だれかまずい相手に少女の言葉を聞かれていないといいが。かれはレジーと呼ばれるのが大嫌いなのだ。そう呼ばれても文句をいわない相手はエイレーネだけ。だがそれも、彼女がたったひとりで自分を必要としている場合にかぎられる。

「なにが？」操縦コンソールでの会話をだれも気にしていないとたしかめてから、そう訊いた。「なぜ不安なんだい？」

「わからない」エイレーネが答える。「なんだかおちつかなくて。危険が迫っていると感じる。いまの状況はどうなの？　ぶじにタルカンへの境界をこえられそう？」

「ハウリ人部隊のようすを見せてくれ」ブルは所定のシントロンに指示を出し、エイレーネのほうを向いてつづけた。「やつらは《シマロン》を捕らえる気だ。いまのところ、探知できた敵船は十一隻。作用点ゼータの宙域にひろく展開している。こちらが浮上したとたん、襲いかかってくるにちがいない」

スクリーンには、ハウリ船の現在ポジションをしめすグリーンの光点が十一個うつしだされた。同時に表示された縦と横のラインは宇宙座標のネットをあらわす。その縮尺によれば、各座標ラインの間隔は五光年。

「かなりひろがってる」エイレーネは驚いたように、「それぞれの船の間隔は平均で二十光年ね」

「正確には十九・六光年だ。こちらはそこに希望をつないでいる。これを見ると、ハウリ人はベクトリング可能グリゴロフ・プロジェクターの作動機序を細かく把握していないらしい」

座標軸の起点に、オレンジ色の染みがひとつ光っている。作用点ゼータだ。そこから十三光年はなれた場所にいるハウリ船がもっとも近い。エイレーネはしばらくじっと考えこんでいたが、やがて口を開いた。

「いいえ、そのことじゃない」

彼女がなにをいいたいか、ブルにはわかった。エイレーネとの会話に言葉は多くいらない。

「きみが不安なのは、それが理由じゃないんだな？」そう応じ、乾いた笑い声をあげる。「きっとわたしのせいだろう。とにもかくにもハウリ人の件が心配で、やきもきしているから」

エイレーネは元気づけようとするブルの言葉にもさして感銘を受けず、小声でいった。

「境界よ。わたしたちの宇宙とタルカン宇宙のあいだにある境界に危険がひそんでいる。ストレンジネス障壁がどういうものか、わかってるの？　なにごともなく障壁をこえられるという確信がある？」

「いや」ブルは答えた。「だれにも確信はないはずだ。ストレンジネスという現象について、われわれはまだ研究しはじめたばかりだから。深層睡眠がショックをやわらげるのに役だつことを願っているが、それだって希望的観測にすぎない」

エイレーネは立ちあがり、

「ありがとう。わかったわ」と、いった。

「なにが？」

少女はどこか遠くを見つめ、奇妙な放心状態で応じた。

「あなたの説明でよくわかったの、わたしひとりで答えを探さなくちゃならないって。答えに近づきかけたんだけど、最後の瞬間に消えてしまった。追いかけるしかないわ」

彼女が階段を三段おりて出口に近づいていくようすを、ブルは見守った。エイレーネのことは十四年前から知っている。ブルは惑星サバルに行ったことがない。自分はトシンの印をつけられた身。もしもサバルに向かい、そこで永遠の戦士の追っ手に捕まったりすれば、ネットウォーカーのかくれ場を知られてしまう。それを恐れたのだ。ただ、ペリー・ローダンやゲシールとはよく会っていたし、エイレーネが三歳になってからは、かれらもたびたび娘を連れてきた。エイレーネの母がコスモクラート・ヴィシュナの具象であることは、これまでほとんど頭にのぼらなかった。

しかし、いまこの瞬間、かれにとってエイレーネはまさに未知なる存在だった。彼女のなかに、なにかが息づいている。人間の想像力では理解できないなにかが。

＊

エイレーネは物思いにふけりながら自室にもどった。いつものようにドアはひとりでに開く。ところが、照明がともらない。室内は暗いままだ。

それでも驚くことなく、暗闇のなかに二歩、足を進めた。

「だれがいるのか知らないけど、姿を見せなさい」と、声を張りあげる。

背後でドアが閉まった。キャビンの奥のほうにぼんやりした光輝現象が出現。そのなかにひとつ、ヒューマノイドらしき姿が浮かびあがる。輪郭はたえず流れていて定まらず、顔は黒く塗りつぶされて見えない。

「あなたはだれ？」エイレーネはたずねた。

「それはどうでもいい」未知者はしわがれた声で答えた。男の声だ。「わたしはきみに警告するためにきた、イディニフェ」

その名を聞いて彼女は身をこわばらせた。かつてコスモクラートの使者カルフェシュが口にした名前。そのときカルフェシュは、こういったのだ……エイレーネはコスモクラートで、本当の名前はイディニフェなのだと。

平静をたもとうとつとめ、

「あなたのことは知ってるわ」と、いった。「わたしの母を拉致《らち》し、そのさいアトランに話しかけた、コスモクラートの使者ね」

「それもすべてどうでもいいことだ、イディニフェ」しわがれ声が応じる。「この船の要員は危機のなかにある。ストレンジネス障壁をこえたなら、かならずや罰がくだるだろう。きみ自身は危機に対する抵抗力を持つから心配無用だが……タルカンに到達したとしても、ほかに船を操縦する者がだれもいなかったらどうするつもりかね？　どこへ向かうのだ？」

「なにか提案がありそうね」彼女は冷たくいった。

「われわれのもとへくるといい！」影がささやく。「おのれの存在に思いをいたすのだ、イディニフェ。きみはコスモクラートなのだから」

「おのれの存在に思いをいたすなんて、どうやるのかわからないんだけど」と、エイレーネ。「あなたの提案をのんだら、船の要員は危機をまぬがれるの？」

「ひとにぎりの定命《じょうみょう》の者のことなどだれが気にする、イディニフェ？　われわれが関心を向けるのはきみだけ、救いたいのはきみだけだ」

　エイレーネは数秒のあいだ沈黙し、それから言葉を発した。軽蔑に満ちた口調で。

「あなた、コスモクラートの使者なんかじゃないわ。コスモクラートは人類に決定権があることなど意に介さないし、自分たちの関心事を第一に考えてほかの種族を平気で束縛するけど、あなたみたいにシニカルじゃない。〝ひとにぎりの定命の者〟というけど、わたしは自身を犠牲にする覚悟よ。でも、あなたにとってかれらは、ただの害虫にすぎないってことね。もう関わりたくない。さっさと消えて！」

それが魔法の呪文だったかのように、光輝現象が収縮していく。影はひとことも発することなく、消滅した。

数秒間、あたりは暗いままだったが、やがて天井の照明がついた。

6

「あと三秒でベクトル・アルファです」シントロンの音声が司令室の静寂を破った。

じりじりと待つ身に三秒は長い。やがてヴィデオ・スクリーンが明るくなり、信じられないほど密な星々の凝集体がうつしだされた。ハンガイ銀河中枢部である。星々の距離があまりに近いため、ところによってはひとつひとつの恒星を見わけることができず、大きな塊りが光り輝いているように見える。

「ハイパートロップ、フル作動」シントロニクス結合体が知らせてきた。

レジナルド・ブルはシートにもたれる。遠距離探知の報告を待つあいだ、胃のあたりが凝《こ》りかたまっているように感じた。危険がさしせまった瞬間にリラックスするのは、どうも苦手なのだ。たとえばアトランやペリー・ローダンにはそれができるが、ブルは古いタイプの戦士だから、不安による緊張が耐えがたくなると胃が痛みだす。戦いがはじまってようやく、おちついて慎重になることができるのだ。

かれは作戦を変更していた。正確な測定とグラヴィトラフ貯蔵庫充塡のために、百六十七分のあいだ同じポジションにとどまることはやめにする。船をあちこちにジャンプさせ、十分ないし十五分ごとに通常連続体に浮上して、そのたびに計測作業と充塡をおこなうことにした。だがこれにより、トータルでは時間を多くとられる。短時間の測定だと正確な結果が得られないため何度かくりかえす必要があり、ポジションを次々に変更すれば時間のロスが生じるから。ハイパートロップ吸引も一度でなく、何度もおこなうことになるだろう。したがって、タルカン宇宙に進出するためのデータとエネルギーを集めるには、百六十七分どころか八時間以上かかる計算だ。

「いま……」そういいかけた自分の声がひどくかすれているのに気づき、ブルはあわてて咳ばらいした。「いま、ハウリ人はどうしている？」

「さしあたり四隻が最初の行動に出ました」コンピュータ音声が応答。「距離、九光年から十六光年。こちらは三分後に最大価で加速し、ハイパー空間に潜入します」

「グラヴィトラフは？」

「充塡率、十八パーセント」

「作業続行せよ！」

これまでのところ、五回のジャンプが予定されている。ブルはジャンプをおこなう各計測ポイントに、アルファからエプシロンまでの名前をつけていた。ハウリ人が《シマロン》をはげしく攻撃してくるようなら、さらに計測ポイントを増やすしかないだろう。

「兵装は？」

「トランスフォーム砲、準備完了です」

ブルは昔のテラの宇宙航行を思いだし、思いをめぐらせた。《シマロン》ではいま、コンピュータが話しかけてくる。反応速度の遅い人間には、一宇宙船での活動において傍観者の役割しかあたえられない。かつてはそうじゃなかった。トプシダーとの戦いでも、アルコンへの進出でも、火器管制将校が操作卓をあつかったりキイを押したりしていたもの。あのころはまだ、ほんものの操縦士がコンソールの前にすわっていた。敵の機動を予測し、狙いすました反撃で撃退していたのだ。当時の搭載コンピュータの知性はかぎられており、その決定はじっくり精査する必要があった。

それがいまは、なにもかも変わった。シントロニクス結合体は自律している。命令にはしたがうが、命令がなくても行動する。船を守るためになにをすべきか知っているから。どんな些《さ》細《さい》な状況における決定にも、数十、数百、あるいは数千もの可能性が存在する。そのなかから最善の可能性を、より的確に、息をのむほどのスピードで選びだすのだ。人間の出番は、攻撃するか静観するか、反撃するか逃走するかといった、根本的決断に関わる場合だけである。

「ハウリ船四隻がすべてハイパー空間に潜入しました」シントロンが報告した。

「グラヴィトラフの充塡率は?」

「二十九パーセント」

「ベクトル・ベータ実行!」ブルは命じる。

「ハイパートロップ、作動停止」シントロンが応じた。「最大価で加速します。五十八秒後にハイパー空間に潜入」

三十秒後、ふたたび報告がきた。

「ハウリ船四隻が通常連続体に実体化しました」

探知スクリーンに敵船のリフレックスがあらわれた。ハウリ人は慎重に狙いを定めている。実体化ポジションはベクトル・アルファから十光秒あまりしかはなれていない。しかし、そのときには《シマロン》はもう、ハウリ人が最後に見かけたポイントにはいなかった。敵は搭載兵器の数値をあらたに計算しなおさなくてはならない。ハウリ人の測定装置がテラ船の移動範囲を正確に突きとめるまで、数秒かかるから。

そのあいだに《シマロン》は五層に重なるパラトロン・バリアを張っていた。シントロニクス結合体が〝ヴァーチャル・ビルダー〟の投入をあきらめたということ。これは新造の対探知システムで、船が出すエネルギー放射を一光秒から三光秒はなれた仮想ポイントにつくりだす。これにより、実際の《シマロン》はハウリ船の砲火に脅かされずにすむわけだ。

ハウリ船は大口径のインターヴァル砲を発射してきた。《シマロン》のいちばん外側のバリアが最初の命中ビームを吸収して光る。

「防御バリアの負荷は十四パーセント」と、シントロン。

ブルは安堵の息をついた。ハウリ人の攻撃は遅きに失したということ。数秒後、密な恒星凝集体の映像がヴィデオ・スクリーンから消え、輪郭のない一様なグレイにとってかわる。《シマロン》が四次元連続体を去り、ハイパー空間にもぐったのだ。

*

同じことが計測ポイント、ベクトル・ベータでもくりかえされた。ハイパー空間から浮上した《シマロン》をハウリ人部隊がとらえ、数分かけてコースを確定する。それから動きだし、しばらくして探知スクリーンから消える。《シマロン》のほうは二十一分のあいだに計測データを収集し、グラヴィトラフ貯蔵庫を五十六パーセントまで充填した。だが、作用点ゼータへ飛行するのに必要なデータはまだ十三パーセントしか集まっていない。

そのため、今回はレジナルド・ブルの決断でさらにあと一分を費やしたのち、加速をはじめた。そのとたん、ハウリ船三隻がハイパー空間からあらわれ、砲火を開く。だが《シマロン》の搭載兵器はまだ一度も発射されていない。敵の命中ビームによってパラトロン・バリアがこうむった負荷は四十七パーセント。まだかなりの余裕がある。

《シマロン》がベクトル・ガンマで浮上したさいには、ハウリ人は明らかに戦略を変更したようだった。周囲には相いかわらず十一隻がいるが、今回はテラ船の実体化にすぐ反応することはせず、その場にとどまっている。なにかを待っているみたいに。

「気にいらんな」ブルはうなった。「やつら、新しい作戦を思いついたのか」

「通信を傍受しました。ハウリ船の一隻から発信されたものです」シントロニクス結合体が報告。「翻訳します。〝炎の鏡、アアルン・ヴァル・ツィアンが告げる。不信心者の船を追跡するのは中止せよ。観察するだけにし、敵の作戦が明確になってから攻撃に出る。追って沙汰を待て。以上〟」

「どの船から発信された？」ブルは訊いた。

「探知映像でしめします」

シントロンが答えると、十一あるリフレックスのひとつが点滅しはじめた。炎の鏡の船は十八光年はなれている。これまで攻撃にくわわっていない一隻だ。

ハウリ人のヒエラルキーは複雑でわかりにくいが、基本的にはキャリア路線がふたつある。戦士グループと聖職者グループだ。ハンガイ＝カルタン人から聞いたところでは、ヘクサメロンのメンバーに〝炎の侯爵〟と呼ばれる者がいるらしい。そのもっとも有力な側近の数名が〝炎の鏡〟だ。したがって、炎の鏡はかなり高位の存在ということ。かつての元帥クラスだろう。

「この船に着目していろ」ブルはシントロンに指示を出した。「炎の鏡とひと悶着あるかもしれん。船のコードネームは〝クモ〟にする」

「記録しました」シントロンが応答。

炎の鏡が発したメッセージを額面どおりに受けとるつもりは、ブルにはなかった。偽装作戦にきまっている。《シマロン》としては、安全だと信じこんだように見せかけ、ハウリ人が本来の計画を実行する時間をあたえなくてはならない。その計画とは、じっくり考えたならわかるが、遠隔地にあるハウリ人基地からの増援をあてにしているのだ。敵はもくろんでいるはず……《シマロン》は近傍に展開した十一隻に集中しているため、遠隔地の基地からハイパー空間を通って接近する部隊に気づかないだろうと。

ブルはシントロニクス結合体に指示して概算させた。ハウリ人基地がどこにあるか知らないが、近距離および遠距離にある星々の拡散ぐあいを分析し、放射スペクトルを計測し、恒星の動きの規則性・不規則性を記録することで、おおまかな宙域は統計的に割りだせるだろう。その結果、シントロニクス結合体によれば、惑星を有する恒星のうち《シマロン》の現ポジションからもっとも近いものでも八十光年先にあるという。ハウリ人基地としての条件に適合すると思われる惑星は、かなりの蓋然性で百二十四光年ないし二百四十三光年はなれているとのこと。

前述のとおり、あくまで概算で論理的な結論ではない。細かい点をひとつずつ見ていくと、全体の蓋然性はわずか六十パーセントだ。しかし、ブルはこれでいいと思った。ハウリ人の戦闘部隊が準備を終えて仮定の基地をスタートし、加速段階に入ったあと作用点ゼータに到達するまでに、確率として一時間半はかかることになる。

「データ収集をフル作動でおこなっています」シントロンが報告した。「グラヴィトラフ貯蔵庫は七十八パーセントまで充填されました」

「つづけろ」ブルは満足げに応じた。

＊

衝撃は六十四分後にやってきた。《シマロン》の各デッキに警報が鳴りひびく。ハウリ船十八隻からなる部隊がすぐ近くでハイパー空間から復帰したと、シントロニクス結合体が報告。ハウリ人は時間をむだにすることなく、数秒後には火器管制システムで《シマロン》を射程にとらえた。大型搭載兵器が火を噴きはじめる。

レジナルド・ブルは探知スクリーンで敵の動きを追っていた。ハウリ人部隊がひろい扇形フォーメーションで近づいてくる。いまのところ、まだ距離があるため、こちらのパラトロン・バリアの一点を集中攻撃することはできていない。三層のバリアがハウリ船の命中ビームを吸収して揺らめき、スペクトルのあらゆる色に輝いた。バリアの負荷は七十六パーセント。

《シマロン》はハイパートロップ吸引ビームをすばやく引っこめ、ただちに加速をはじめる。この戦いのあいだに、ヴァーチャル・ビルダーがはじめて投入された。〝仮想イメージ生成装置〟という専門用語を持つこの機器は《シマロン》の周囲を弱いハイパーエネルギー・フィールドでおおい、船から出る散乱インパルスを回収する。そのインパルスを二光秒はなれた仮想ポイントに瞬時に放射することで、そこに《シマロン》の探知用イメージを生成するのだ。

つまり攻撃者にとっては、テラ船がいまのポジションからいきなり六十万キロメートルほど移動したように見えるはず。だがハウリ船の火器管制システムは探知機の表示にしたがって兵器を発射するよう調整されているので、この現象の信憑《しんぴょう》性を考慮したりしない。ハウリ船のインターヴァル砲の斉射は虚空に消えた。そのあいだに《シマロン》は加速をつづけ、メタグラヴ・ヴォーテックス形成速度にまで迫る。ヴァーチャル・ビルダー投入により、フィールド・バリアの能力はゼロに落としてあるが、ハウリ人が仮想イメージ生成装置のしくみに気づいて実際のターゲットに的を絞りなおすまでには、あと数秒かかるだろう。

「こちらのターゲットは《クモ》だ」ブルは容赦なくいった。「小口径トランスフォーム砲、発射準備せよ」

「ターゲットは《クモ》」シントロンが復唱する。「トランスフォーム砲、発射準備完了」

これまで《シマロン》はただの一度も砲火を開いていない。こうした状況で力の上まわる敵を相手にする場合、逃げるのがもっとも合理的だから。敵船の一隻を破壊したからといって、優位に立てるわけではない。大口径トランスフォーム砲は、ハウリ船のエネルギー・バリアを無力化する唯一の武器である。これを発射すれば相手は十中八九、破滅するだろう。

しかし、ブルは《シマロン》の高い加速能力と五層のパラトロン・バリアをあてにしていた。攻撃者から逃げられるチャンスがあるかぎり、知性体の命を奪う行為に出るのは避けたい。

にせの探知映像にだまされたとハウリ人が気づいたのは、《シマロン》がハイパー空間にもぐって安全確保する数秒前のことだった。仮想イメージ生成装置はまだ試験段階である。仮想ポイントにイメージを投影するには、船が放射する散乱インパルスを完全に回収する必要があるのだが、九十パーセントしかできていない。あとの十パーセントは弱いながらも探知可能なエコーとなって残留するため、船の実際のポジションがわかってしまうのだ。こうしてハウリ人も、火器管制システムが狙うべきは明瞭な仮想映像ではなく、オリジナルの弱いエコーのほうだと理解した。《シマロン》ははげしい攻撃を受けた。多層パラトロン・バリアは白熱する炎のマントに変わり、怪奇現象のごとく多彩な色をまき散らす。テラ船の影が漆黒の宇宙空間に荒れ狂った。

やがて、救いの瞬間が訪れる。パラトロン・フィールドの輝きが消え、星々が見えなくなり、ヴィデオ・スクリーンに一様なグレイの色がうつしだされた。《シマロン》は危険な四次元連続体を去り、永遠に敵から解放されたのだ。

＊

「二秒後に《クモ》をとらえます」シントロンが報告。

「火器管制、アルファ段階に準備せよ！」レジナルド・ブルは声を張りあげた。「指揮はわたしがとる」

シントロニクス結合体が指示を復唱。スクリーンにはふたたび銀河中枢部の恒星凝集体がうつっている。まるで画面が爆発したかのようにまばゆい。

「敵船にコンタクトしろ」と、ブルは要求した。「ハウリ人の標準周波を使え。幹部要員にも内容が理解できるよう、トランスレーターをオンに」

二秒後、もうひとつのヴィデオ・スクリーンがあらわれた。ひろい司令室の光景が見える。痩せた姿のハウリ人数名が持ち場についているのがわかった。こちらが標準周波を使って呼びかけたため、ハウリ船の通信システムが自動的に応答し、接続が確立したのだ。

ひと目でわかった。ブルが〝クモ〟と名づけた船では大騒ぎになっている。ハウリ人にとり、テラナーがこうした挙に出たことは青天の霹靂《へきれき》だったようだ。《シマロン》はこれまで、ハイパー空間に逃げこんでは、またハウリ船からはなれたポジションで実体化するのをくりかえすだけだったから。だがこんどは、ブルは相手に逆《さか》ねじを食わせることにした。追われる側から追う側へ。《クモ》はこの展開をまったく予測していなかったらしい。センサー・システムがあらたな状況に対応するまでの貴重な時間を失ったことになる。

「炎の鏡はどこだ？」ブルはがなりたてた。「アアルン・ヴァル・ツィアン、顔を見せろ！」

カメラが動き、一ハウリ人の上半身が撮影範囲に入った。深い眼窩《がんか》の奥にあるちいさな目が、怒りでグリーンに光っている。

「礼儀を知らぬあつかましい不信心者よ」トランスレーターから声が聞こえた。「おまえにはすでに判決がくだっている。炎の鏡を侮辱した者には死がふさわしい。これはつねに変わらない」

「いまのところ死刑は執行できていないがな、アアルン・ヴァル・ツィアン」ブルはばかにしたように返す。「きみの子分はのろまなやつばかりだ。わたしはさっさと逃げてタルカンに向かう。だれかメッセージを伝えてほしい相手はいるか？」

ハウリ人は身をぐっと乗りだした。痩せこけた顔がカメラのすぐ前にくる。目に炎を燃やしながら、

「冒瀆者のきわみめ！」と、吐き捨てた。「支配者ヘプタメルの帝国を不信心者の名で汚す者に呪いあれ！」

ブルは横目ですばやく探知映像を見た。《クモ》のすぐ近くに実体化した《シマロン》に、ほかのハウリ船はまだ気づいていない。かれらにとってもこちらの機動は予測不可能だったのだ。

「支配者ヘプタメルにそう伝えるよ」ブルはどこ吹く風で応じた。

「おまえはけっしてエシュラア・マグハアスにはたどりつけない！」と、炎の鏡。

「それはこっちの問題だ。わたしはタルカンをめざすだけじゃない。長く存在しすぎた〝服従の地〟の始末もするぞ。ウル・アム・タロクはあと数週間の命だ。この宇宙の諸種族はきみたちの教義を毛嫌いし、狂気を意味する死の渦に巻きこまれたくないと考えている。ウル・アム・タロクは滅びる。時空断層から噴きだす炎がのろしとなり、ヘクサメロンの終焉を告げることだろう！」

この瞬間、シントロンが割りこんできた。

「注意！　敵が攻撃してきます」

《シマロン》の船体に軽い衝撃がはしった。最上層のパラトロン・バリアが明滅しはじめる。妨害信号のせいで炎の鏡の映像に条痕が生じた。

「地獄に落ちるがいい！」と、ハウリ人。「ナコード・アズ・クールのかたすみに沈んでしまえ。そこではおまえの脳はシャムシュの奇蹟を理解できず、煮えたってしまうだろう……」

《シマロン》が二発めの命中ビームを受けた。だが、まだバリアは持ちこたえている。探知スクリーンに、ハウリ船五隻が動きだしたのがうつった。《クモ》の援助に向かったのはまちがいない。

「ありがたい祈りの言葉、感謝するよ」と、ブル。アアルン・ヴァル・ツィアンの顔が制御できない怒りでゆがむ。「では、わたしから最後の挨拶を……」

そういうと、シントロンに向かって命令を発した。

「小口径トランスフォーム砲、発射！」

コンソールで黄色い警告ランプが点滅する。トランスフォーム爆弾がはなたれたのだ。

輝く星々を背景に、青白いちいさな火球がひとつ生じる。それが膨張し、数秒のうちに光度を落としたと思うと、数十の白熱する断片となってあらゆる方向に飛び散った。

《シマロン》のパラトロン・フィールドの明滅がとまった。ハウリ人はもう撃ってこない。

「命中弾を分析しろ！」ブルは要求した。

ハンガイ銀河の星々が大スクリーンから消え、かわりにスクラップとなった一ハウリ船がうつしだされた。小口径トランスフォーム砲が相手のフィールド・バリアをぶちぬいたのだ。ハウリ船は三つの部分に裂けていた。爆発の衝撃でバランスを失い、なすすべなく旋回しつづけている。その残骸は虚空に散らばり、しだいに遠ざかっていった。爆弾の熱でやられた内壁が醜く変色しているのが見える。

「壊れた部分に有機体の生存者がいるもようです」と、シントロニクス結合体が報告。

レジナルド・ブルは安堵の息をついた。敵船を完全に殲滅することは意図していなかったから。そんなことをしてもこちらの利にはならない。炎の鏡が生きのこったかどうかは、さだかでなかった。数分もすれば、アアルン・ヴァル・ツィアンを助けようと、いきなりハイパー空間からハウリ人が登場するかもしれない。生存者の救助活動もいずれはじまるだろう。ブルにわかっているのはそれだけだ。

7

ハウリ人のメンタリティに関しては、レジナルド・ブルの評価したとおりだった。ヘクサメロンの門徒たちにとり、アアルン・ヴァル・ツィアンの指揮船がやられたのは手痛い打撃だったということ。リーダーを失ったのだから……それが一時的なものか永続的なものかは、いまのところ不明だが。

〝炎の鏡〟はハウリ人のあいだで高い名声を享受していたにちがいない。《クモ》が命中弾をこうむったポジションにはぜんぶで二十八隻の宇宙船が集結し、ロボット軍団の協力のもと、ハウリ人数百名がスクラップ船を徹底的に調べてアアルン・ヴァル・ツィアンの姿を探している。かれらのやりとりしたメッセージを一部《シマロン》が傍受したところ、ブルがトランスフォーム砲の発射を命じてから二時間たっても炎の鏡はまだ見つかっていないらしい。

《シマロン》は二十二光年はなれたポジションにいた。これだけ距離があると、最小強度でおこなわれるハイパー通信の内容を傍受するのは至難のわざだが、テラ船のハイパー受信機は最新式のフィルタリング技術とエラー除去アルゴリズムをそなえている。だから、微弱なシグナルをとらえてじゃまな背景ノイズを分離し、中継エラーをとりのぞくことができたのだ。

　グラヴィトラフ貯蔵庫はフル充填され、同時に、作用点ゼータへの正確なコース算定に必要なパラメータを得るための種々の計測作業も進んでいる。《シマロン》の司令室は緊迫した空気に満ちていた。もしふたたびハウリ人が攻撃してきたら、ブルはすぐに相手をじらす行動に出るつもりでいる。だが、ヘクサメロンの門徒たちにはそういう気はなさそうだ。

　船内時間でNGZ四四八年一月十日の十時二十六分、《シマロン》はハウリ人のみじかい通信をキャッチした。テキストを解読し、エラーを除去した結果、次のようなメッセージと判明。

「水使いのエルロン・カト・ジアックが告げる。支配者ヘプタメルの恩恵がもたらされ、炎の鏡アアルン・ヴァル・ツィアンは生きのびた。重傷を負ったため、快復には時間がかかるだろうが、アフ＝メテムの使者を死に追いやることは呪われるべき不信心者にもできなかった」

　メッセージを聞き終えたブルは辛辣《しんらつ》な笑い声をあげた。

「ばかめ！　あそこでわたしが大口径砲を使いそうになったことも知らないくせに」

なるほど、炎の鏡はアフ＝メテムの使者なのか。だが、アフ＝メテムというのはじつは個人名ではなく、〝炎の侯爵〟という意味の称号だ。ヘクサメロンを構成する六名はみな侯爵を名乗っていると、ハンガイ＝カルタン人がいっていた。つまり、アアルン・ヴァル・ツィアンは高貴なる六名委員会の一メンバーから直接、命令を受けたわけだ。ハウリ人たちが下にも置かぬあつかいをするのも不思議はない。

きょう聞いたなかで、はじめて耳にする言葉があった。ナコード・アズ・クール……〝永遠なる穴〟という意味のハウリ語だ。なにをあらわすのか。実在の、あるいは神話上の場所だろうか？ もっとわからないのは〝ジャムシュの奇蹟〟である。トランスレーターも翻訳できないため、見当がつかない。固有名詞にはちがいないが。

ブルはハウリ人たちの動きを注意深く追った。スクラップ船のなかから炎の鏡を救出したあと、四隻が移動をはじめている。そのコースを見るかぎり、《シマロン》に危険がおよぶことはなさそうだ。《クモ》の生存者をもよりのハウリ人基地に運ぶつもりらしい。

のこる二十四隻はいまのところ、その場にとどまっていた。もしや、アアルン・ヴァル・ツィアンが最後に出した〝不信心者の船を追跡するのは中止せよ。観察するだけにし、敵の作戦が明確になってから攻撃に出る〟という指示に縛られているのか。だとしたら、奇妙なことだ。実際にはあの指示は、こちらに《シマロン》が安全だと思わせるための陽動作戦だったはず。

いずれにせよ、ハウリ人たちが行動に出ないので、ブルはほっとした。船内時間で十四時十一分、最後の計測作業が完了。これでシントロニクス結合体は所定の正確さをもって、タルカンへの進出に必要な航行パラメータを得たことになる。《シマロン》のスタート準備がととのった。

レジナルド・ブルは十四時五十分に加速を開始すると決定。それまでに各要員は航行の決定的瞬間にそなえて、ヒュプノトロンのあるホールに向かう。そこで〝一時停止の動画〟状態におかれるのだ。要員は人類男女と地球外生物を合わせて、総勢千二百五十名。うち千百六十三名がヴェエ・ユィイ・リィのしつらえた〝大部屋〟に入り、あとの八十七名は目ざめたらすぐ作業にもどれるよう、各自の持ち場にのこる。そして千二百五十一番めの要員がエイレーネだ。彼女のキャビンには特別に小型のヒュプノトロンが設置されている。

ブルはジョイントシートをゆっくりと倒した。寝そべった姿勢でも見えるよう、表示装置の向きは調整してある。司令コンソール真上の天井に固定されたヒュプノトロンに目をやった。いま司令室にいるのは四名。かれのほか、イアン・ロングウィンとランド・ミシュコム、それにヴェエ・ユィイ・リィだ。グッキーも司令室にこいと誘ったのだが、イルトは大部屋のほうがいいといって行ってしまった。

寝たままくつろぎ、ときおりクロノメーターを見る。かちかちと秒を刻む音を聞いていると、エイレーネの言葉がふたたび頭に浮かんだ。〝わたしたちの宇宙とタルカン宇宙のあいだにある境界に危険がひそんでいる〟と、彼女はいった。どういう意味だろう。ハウリ人以外にどんな危険があるというのか?

前にジェフリー・ワリンジャーとかわした会話を思いだす。

「もしもベクトリング可能グリゴロフ・プロジェクターが誤作動したら、どうなるか、ですか?」ハイパー物理学者はブルの質問をくりかえしたのち、こういったもの。「わたしにもわかりません、レジナルド。通常宇宙に投げもどされるか、まったくべつの宇宙にたどりつくか。ただ、そのリスクはすくないでしょう。プロジェクターじたいは徹底的にテストしたので、誤作動の確率は〇・〇〇〇一パーセント未満です。それより心配なのはストレンジネスですね。一時停止状態がストレンジネス・ショックの有効な対処法になるかどうか、たしかめないと」

あと二時間でわかる。ブルはそう思った。

《シマロン》は尋常ならざる速度で作用点ゼータに向かうことになるだろう。すべてが決まる作用点があるのは、ハンガイの第三クオーターとまだなにもない第四クオーターの境界線上だ。こういう状況は本来ありえない。なぜなら、境界線が四次元連続体の産物である一方、作用点ゼータはハイパー空間に存在するのだから。ハイパー空間のイラストを四次元連続体に持ってきて語るようなものだ。

　このイラストにおいて、作用点ゼータは前述した境界線上にある。同じくこのイラストでは、作用点ゼータは《シマロン》の現在ポジションから五十三光年はなれている。ワリンジャーが開発したグリゴロフ・プロジェクターのコースプログラムによると、船は中速で作用点ゼータに接近しなければならない。目下の航行段階では、超光速ファクターはわずか二十五万五千あまり。これは《シマロン》が百九分かけて作用点ゼータに到達することを意味する。

　ブルはクロノメーターの数字を見た。十四時五十分〇〇秒になったとき、船首のはるか前方でフィールド・エンジンが動きだす音がした。ハイパートロップ・プロジェクターが作動し、ハミラー・ポイントが生じる。《シマロン》のフィールド・エンジンが加速性能の限界に達したとたん、船はこの仮想重力中心に〝墜落〟するのだ。

　所定の加速価に達すると、ハミラー・ポイントはメタグラヴ・ヴォーテックスに変化する。これは実際には〝アインシュタイン＝ローゼン橋〟、すなわち一方向のワームホールみたいなものだ。これにより《シマロン》はハイパー空間への突入が可能となる。

　レジナルド・ブルはゆったりと待った。もう不安は感じない。いまからはじまる出来ごとを人間の理性で思い描くのは無理だ。進行メカニズムがまったく見とおせないのだから。ジェフリー・ワリンジャーとその科学者チームは、並行宇宙の理論形成においてひとつのミスもおかさない……そう確信して航行にのぞむほうがよっぽどいい。

スクリーンから星々が消え、冷たいグレイのハイパー空間がひろがったとき、ブルは思った。次に見るのはタルカンの星々なのだな。

その数秒後、かすかに弱気になってつけくわえる。あれもこれも、すべてむだあがきとなるかもしれない……

＊

エイレーネはベッドに横たわった。壁のクロノメーターは十五時五十八分をさしている。あと二十分あまりで、天井に設置されたヒュプノトロンが作動するはず。眠りの国に滑りこむのはどんな気分かと想像してみる。だが、いまは完全に目ざめていた。内心の不安は強くなるばかりで、ちっとも眠れそうにない。ヒュプノトロンでこの不安を克服できるのかしら？

ハウリ人による危機は去った。そうなることはわかっていたのだ。本当の脅威はハウリ人ではなく、なにかまったくべつの、はかりしれないもの……ストレンジネスに関係する危機なのだから。それ以外にありえない。

ストレンジネスは時間や空間と同じような一現象だと、ジェフリー・ワリンジャーは説明していた。一宇宙の状態を定義するのに用いられる座標は五つあり、そのひとつが並行宇宙だ。ストレンジネスは並行宇宙理論から生じる。ある観察者から見た場合、その者がいる宇宙のストレンジネスはゼロだが、異宇宙のストレンジネス値はゼロからプラスあるいはマイナス方向にずれる。ずれがゼロより大きくなればなるほど、その異宇宙は観察者から遠くなるわけだ。ストレンジネス値がゼロから一までの正数のみになるよう試みたこともあったが、結局のところ、こうした標準化は理論的に不可能だった。

ストレンジネスのどこが月並みな時空現象と根本的に異なるかというと、ストレンジネス値の急変によりハイパーエネルギー性の作用が起きることだ。その変化に見舞われたものは物理的な障害をこうむる。それが有機生命体であった場合、肉体に害が生じる。ニッキ・フリッケルとその同行者たちは物質化したばかりのハンガイの第一クオーターの境界を思いがけずこえてしまい、そのあと何カ月も意識不明となった。

エイレーネ自身はまだストレンジネスの変化を経験したことがない。タルカン宇宙に進入したらどうなるのだろう？　わたしには抵抗力があるから心配無用だと、しわがれ声の影はいった。ハンガイ銀河に向かったさいにもなんの作用も感じなかったから、信じていいだろう。だけど、ほかの者たちはどうなるのだろう？　深層睡眠が本当にストレンジネス・ショックに有効な手段といえるのか？

そのとき突然、脳内で奇妙な脈動がはじまった。痛みはないが、不安と混乱をおぼえる。エイレーネは身を起こし、両手でこめかみをマッサージした。すこしのあいだ改善したものの、すぐにふたたび、より強い脈動がやってくる。

勢いよく立ちあがった。なにかが自分の意識に襲いかかり、崩壊させようとしている。気をまぎらわせなければ。この脈動を忘れるために、なにかしないといけない。彼女はちいさなキッチンに走り、自動装置のスイッチを入れた。空腹じゃないし食欲もなかったが、装置に料理をつくらせる。せまいカウンターにならびきれなくなるまで、次々と。

脈動はますますはげしくなった。耐えられそうもない。寝室にもどることにしたが、方向を定めるのもむずかしかった。家具を手探りしつつ、伝い歩くようにしてベッドまで行く。

横になった。頭上のヒュプノトロンが脈動のリズムに合わせてふくらんだり縮んだりして見える。不安がパニックにまで高まった。サーボ・システムは気づかないのかしら？　なぜ助けを呼ばないの？　彼女はサーボに話しかけようとした。だが、かああと変な音が口から出るだけで、まともな声にならない。

両手を頭に押しつけた。脈動が恐ろしいほどにどくどくと響きわたる。脳がふたつに裂けてしまいそうだ。

前後不覚になり、周囲が闇に沈む。エイレーネは失神した。

*

暗闇のなか、ぞっとするしわがれ声が聞こえた。

「だから警告したのに、イディニフェ。わたしの助けを拒むとは。どうするつもりだ、ちいさなコスモクラートよ?」

「あっちに行って! あなたとは関わりたくない」彼女は叫んだ。

「おろかだな、イディニフェ」その声が遠くから響いてくるように聞こえる。見えない語り手は引っこんだらしい。

暗闇に光がひとつ生じた。近づいてきて、大きくなる。ぼんやり光る長いフィールドのなか、ひとりの人物が浮かんでいるのが見えた。長身痩軀で、大きな耳と手足……ベネカー・ヴリングだ! エイレーネのほうへと漂いながら、べらべらしゃべりはじめた。

「魔力を持つ言葉で呼びかける……すべて手仕事だよ……魔力を持つ言葉で呼びかける……すべて手仕事だよ……」

光るフィールドが縮んでいく。ベネカー・ヴリングの声もちいさくなり、やがて消えた。

「エイレーネ!」

呼びかけられて、少女ははっとした。

「ゲシール?」おどおどと訊く。

「あなたたちに危険が迫っている」母の声が暗闇から聞こえた。「助かる方法はひとつだけ。あなたはドリフェルの中心で起こりうる未来の光景を見た。そのときどうしたら助かったか、おぼえているはず。それを思いだしなさい」

エイレーネは必死で頭を悩ませたが、母がなにをいいたいのかわからない。

「わたし……わたし、できない」と、あえぐ。「なにもおぼえてないわ」

「テラナー門のことを思いだすのよ。戦士イジャルコルの演説を。自分がどうやってアルコン人を救ったかを。あなたは前に一度、彼女に呼びかけた。こんどもそうしなさい！」

そのとき、エイレーネの目の前にひとつの映像があらわれた。アトランと自分が、丘の上から巨大な一建造物を見おろしている。周囲では惑星の終焉がはじまっていた。異惑星の地表がひび割れ、地殻が崩れ、嵐が荒れ狂う。ほうぼうで黄色いマグマが地面から高く噴きあがり、そのひとつがアトランに襲いかかってくる。建造物がまっぷたつになり、アトランが灼熱のマグマにのみこまれそうになって……

ほんの一瞬、白熱するマグマの前に、色とりどりの端布《はぎれ》をつなぎ合わせた衣服姿の小男が見えた。両脇のはなれた位置にある大きな耳が目立つ。小男はエイレーネの視線を受けとめると、あざけるように顔をゆがめ、卑猥なジェスチャーをしてみせた。

そのとき突然、彼女は自分がなにをすべきか思いだした。すっくと立ちあがる。周囲がいっぺんに明るくなった。

「スィ・キトゥ！」そう叫び、さらに二回くりかえす。「スィ・キトゥ……スィ・キトゥ！」

そこでくずおれた。意識ははっきりしているが、力がまったく入らない。額から汗が流れ落ちる。思わずあえいだ。衣服が肌にはりつき、口のなかはいやな味がする。

周囲にあるものをもう一度すべて確認するように、ひとつずつ順番に見ていった。いったいなにが起きたのか？　自分はスィ・キトゥの名を呼んだ……熱力学第二法則の守護者にしてエントロピーの母であり、娼婦のスィ・キトゥを！　なぜそんなことをしたのだろう？　なぜゲシールはこの考えを自分に吹きこんだのか？

エイレーネはクロノメーターを見た。

十六時三十三分。あと八分で作用点ゼータだ！　ヒュプノトロンはとっくに作動しているはずなのに。

「どうしたの？」と、サーボ・システムに問いかける。「いったいなにが起きてるの？」

だが、サーボは応答しなかった。

＊

レジナルド・ブルは不安にかられて何度もクロノメーターに目をやった。十六時二十分十三秒……秒の数字は刻々と変わっていく。だが、なにも感じないのはなぜだ？ ヒュプノトロンは十六時二十分に作動したはず。大ホールで実験したときは、すぐに効果を感じたのだが。

起きあがろうとしたが、できなかった。悪態をつきながらもう一度ためしてみても、筋肉にまったく力が入らない。シートの縁をつかんでからだを支えようにも、腕が折れ曲がってしまうし、脚を持ちあげることもできないのだ。腹筋を動かそうとすると、はげしい痛みがはしる。

「くそ、いったいどうなってるんだ？」と、叫んだ。

どうも声がおかしい。まるでからっぽのひろい部屋にいるみたいに、壁に反響して聞こえる。頭を脇に動かしてみる……すくなくとも、これはできた。六メートルはなれたジョイントシートにいるラランド・ミシュコムが見えた。からだを変にゆがめたまま、ぴくりとも動かない。こちらの声が聞こえなかったなんて、そんなことがありうるだろうか？

時間の経過がいきなり速くなったように思える。十六時二十八分になって、ブルはとうとう起きあがれそうもないとあきらめた。

「シントロン！」と、かすれ声をあげる。

応答なし。かれは驚愕して、小型シミュレーション画面に目をやった。《シマロン》

をあらわすグリーンの光点が、作用点ゼータのオレンジ色の染みに接近するのが見える。決定的瞬間まで、あと十三分。いったいなにが起きたのか？

冷静になれ。そう自分にいいきかせる。いま起きていることは、人間の理性では説明できない。もしかしたらベクトリング可能グリゴロフ・プロジェクターから、筋肉を麻痺させたり声を聞こえなくさせたりする放射が出ているのかもしれない。あるいは二宇宙間に存在する、自然法則が無効となるゾーンに《シマロン》が入ったとも考えられる。ハウリ人がハイパー空間から追ってきて、陰険なプシ兵器を投入したのかも。

いかなる状況であるにせよ、手段がなければ抵抗できない。シントロンは呼びかけに反応しないし、ララにもイアン・ロングウィンにもヴェエ・ユィイ・リイにも自分の声が聞こえないのなら、動けない以上、待つしかなかった。

十六時三十二分。

《シマロン》が作用点ゼータを通過したら、なにが起きるのだろう？　不気味な現象は終わるのか、それとも失神状態がはじまって一カ月つづくのか？　ヒュプノトロンが働かなかったのなら、ストレンジネス・ショックはまず避けられまい。

そのとき突然、遠くから声が聞こえた。

「だれがわたしを呼んだの？」

「ここだ！」ブルは叫び、なんとか起きあがろうと最後の努力を試みたが、やはりだめだった。「きみはだれだ？　どこにかくれている？」

「わたしがだれかって？　未知者よ、そんなこと知らなくていいの。わたしは無意味な存在だから。でも、アイデンティティを秘密にしたいわけじゃない。スィ・キトゥと呼んで。〝無〟という意味よ……」

　レジナルド・ブルは魅せられたように、不思議な声に耳をかたむける。女の声だ。媚《こ》びるような口調には、どこかみだらな響きがある。誘惑すると同時に、誘惑している相手に警告をあたえるような。

「あなたの言語で表現するならば、わたしは熱力学第二法則の守護者……」

　法則！　その言葉がブルの意識に突き刺さった。〝秩序は神聖、法則は冒瀆〟と、見知らぬ都市で見た塔に書いてあったのだ。その後、理解しがたい現象が生じ、ひとりの女が〝秩序は悪魔の産物だ！　真実は法則のみ！〟と、叫んだのだった。

すべてが関連している。あの奇妙な印象と混乱した記憶のどこかに、この謎を解く鍵がかくされているのだ。頭をすこし働かせれば、鍵は見つかるはず。時間ならたっぷりある。

　ブルはクロノメーターを見た。

　十六時四十分五十一秒……

　考えるのをやめて、脳をからっぽにする。最後にもう一度だけ、刻々と変わっていく数字に目をやった。

十六時四十分五十九秒……

かれは目を閉じた。

8

エイレーネはしばらくすわったままでいた。もう力はのこっておらず、動くこともできない。目を閉じ、自分の内側に耳をかたむける。なにか異質なものが意識に忍びこんだみたいで、筋道を立てて考えられなかった。思考がしょっちゅう迷子になっては、どこかに消え、まったく関係ない場所にあらわれたりする。

ふたたび目を開けたときには、決定的瞬間が過ぎていた。クロノメーターの数字は十六時四十二分。不思議なことに、筋肉が突然またいうことを聞くようになった。しばらく休んでいたあいだに、新しい力が湧いたらしい。まだすこしおぼつかないが、ベッドから起きあがった。

「サーボ?」と、呼びかける。

やはり応答はない。おまけに、自分の声も変な感じだ。タイルでおおわれた空間の壁に反響しているように聞こえる。ここにはなにか未知のものがいる……異質な存在が。

エイレーネは好奇心にかられ、ドアへと歩みよった。目の前で自動的にドアが開く。すくなくとも、ふつうのやりかたで機能するものもあるわけだ！

通廊はがらんとして人気《ひとけ》がない。船内は恐いほどしずまりかえっている。司令室のほうに行きかけた彼女の耳に、だれかの話し声がとどいた。用心しながら先をめざす。なぜか、自分の存在に気づかれないほうがいいと感じたのだ。弾力のある敷物の上を、足音を忍ばせながら進んでいく。話し声はしだいに大きくなってきた。ひと組の男女が会話しているとわかる。どちらの声も、エイレーネには聞きおぼえがあった。

「感謝する」と、男がいった。「わたしをここに送りだした存在は、自分のたのみになぜあなたが反応しなかったか、理解できないだろう。だが、いまとなってはどちらでもいい。この船の要員はみな命を救われた。あなたのおかげだ」

だれがしゃべっているか、はっきりわかる。ベネカー・ヴリングだ！　相手の女はすぐには返事をしない。話しはじめたとき、その声には軽蔑と怒りがにじんでいた。

「だれにも感謝されるいわれなどないわ。自分のためにやったことよ。乗員の生死など、わたしにはどうでもいい。ここで進行中のことはあなたの主人にはけっして理解できないでしょう。あの生意気娘、自分に危険がおよぶと同時にこちらの利害関係がかかっているときには、いつもわたしを呼びだすの。理由はわからないけど。かといって、エイレーネが呼びだしさえすればわたしがあなたたちの窮地を救いにくると考えたら、大まちがいよ。わたしはただ、自分の目的にかなっているからきただけ」

声が聞こえてくるキャビンのドアは開いたままだ。エイレーネはすでにドアの前まできた。はらわたが煮えくりかえる。だれにも自分のことを〝生意気娘〟などと呼ばせない。戸口からなかをのぞきこみ、女の姿をはじめてはっきり目撃した。おぼえている。エイレーネの意識のなかで言葉がかたちになり、彼女はそれを口のなかでつぶやいた。

「心配しなくていいわ。わたしがそばで見守っている」

女が顔をあげた。殺風景なキャビンのなか、ベネカー・ヴリングから二歩はなれて立っている。やっぱりあの、エイレーネの白昼夢にあらわれた下品な女だ。

「なにもかも言葉どおりに受けとるんじゃないよ」女はまるで汚いものでも吐き捨てるようにいった。「べつに本気でいったわけじゃない。あんたの機嫌をとる必要があったのよ。あんたの呼び声が聞こえたら、そこはわたしの狙いにぴったりの場所だってわかるから」

「あなたには狙いがたくさんあるからな」ベネカー・ヴリングは苦々しげだ。

「この女、だれにでも媚びるのね」エイレーネがきつい声を出す。「だからもうひとつの名前で呼ばれるんだわ。カハバ……カハバ！」

そういうと踵を返し、あわてて逃げだした。彼女が叫んだのは、スィ・キトゥがけっして呼ばれたくない別名だ。エイレーネはそれを父から聞いたことがある。ペリー・ローダンもまた、はじめてエントロピーの母と出会ったさい、それを創造の山で聞かされたのだった。

栄誉ある名ではない。カハバとは、娼婦という意味だから。

＊

レジナルド・ブルは麻痺が消えたのを感じて驚いた。手足の力ももどっている。目を開け、大型スクリーンにひろがる星々の映像を見あげた。からだを前に乗りだすと、その動きに連結シートがついてくる。クロノメーターの時刻は十六時四十四分。決定的瞬間を乗りこえたのだ。かれは映像をじっと見つめた。星々の密度は、ハンガイ銀河中枢部にいたときの記憶とくらべて薄くなっている。探知はネガティヴ。《シマロン》の近くに異船の影はない。

横のほうでちいさくうめく声がした。振りかえって見ると、ラランド・ミシュコムがシートから起きあがったところだ。彼女が嘆きながらこういうのが聞こえた。

「ひいひいおじいさんのいうことを聞くべきだったわ。〝腹に置かれた手より、弓につがえた矢のほうがおさまりがいい〟と、いつもいってた。あの言葉をちゃんと頭に入れとけばよかった！」

「心配いらない」イアン・ロングウィンがいつもの冷静さで応じる。「おかげできみはいまも痩せないですんでる」

「古いアフリカの知恵をぜんぜん理解していないわね」ララがぶつぶついった。

「だったら、神に感謝だ」

「全システム異常なし」ヴェエ・ユィイ・リィが報告した。

「シントロン！」ブルは呼びかける。

「用件をどうぞ」どこかにある音響サーボからコンピュータ音声が応答した。

「現ポジションは？」

「ストレンジネス値、ポジティヴ。タルカンに到着しました」

「ヒュプノトロンが作動しなかったのはなぜだ？」

「わかりません。不具合を分析しているところです」

「最初の結果が出たらすぐに知らせろ。いったいなにが起きたのか……」

そこでかれは口をつぐんだ。司令室のハッチがスライドして開いたのだ。エイレーネが立っている。疲れはてたようすで目を見開き、乱れた髪が顔にかかっていた。まるで、ここにくるまでに悪魔と出会ったような感じだ。まっすぐ制御コンソールに向かってくると階段を三段あがり、ブルが肩を抱きよせるにまかせた。ほっそりしたからだが嗚咽《おえつ》で震えている。

「いったいぜんたい、どうした？」ブルは驚いて訊いた。

エイレーネは首を振り、

「なんでもない」と、しゃくりあげながらいう。「すくなくとも、悪いことが起きたわけじゃないの。わたし、ただ……びっくりしてしまって」

「なにがあったんだ？」

そのとき、ふたたびハッチが開いて、ふたりの人物があらわれた。ひとりは薄汚れたグリーンの作業服を着たベネカー・ヴリングで、その隣りに若い女がいる。美人だが、どことなくはすっぱな感じだ。色鮮やかなぴったりした衣服を身につけ、みごとな脚線美と豊満な胸をぞんぶんに目立たせている。

はじめて見る女だと、ブルは思った。この外見からすると、高級娼婦だと思われてもしかたないだろう。だが、どこか人を引きつけずにはおかないオーラがある。逆らうことのできない精神力みたいなものが。

「きみはだれだ？」と、ブル。

「前に一度、同じことを訊いたわ」若い女はつんけんして応じた。「答えもすでに知っているはず。あなたの記憶力はどうなってるの？ 一分前のこともおぼえていられないわけ？ わたしはスィ・キトゥ、〝無〟よ。エントロピーの母にして、熱力学第二法則の守護者」

ブルは硬直して立ちつくした。ペリー・ローダンが創造の山で出会った存在については聞いたことがある。エイレーネとアトランが、コスモヌクレオチド・ドリフェルの内部でくりひろげた冒険についても。

「あなたたち、そこにいるちびのおかげで救われたわね」スィ・キトゥはつづけた。「わたしを呼びよせる力を持つのは彼女だけ。ま、たしかにこの雄ヤギだって……」そういいながら、肘でベネカー・ヴリングの脇腹を親しげにつつく。「あらゆる手練手管を使って呼びだそうとした。でも、わたしに聞こえるのはエイレーネの呼び声だけなの。彼女があなたたちを守ったってわけ。わたしをカハバと呼んだことについては許してやるわ。まだ子供だからね。大人になれば自然とわかるでしょう、外見だけでものごとや現象や人を判断しちゃいけないって」

「きみが……きみが、われわれに手を貸して……」ブルは言葉をつかえさせた。「タルカンへの障壁をこえさせたというのか？」

「そう。わたしが手を貸したのよ」と、スィ・キトゥ。「あなたたち、本当にばかね。何百年もなじんできた現象みたいにストレンジネスをあつかうなんて。ストレンジネスの背後にひそむ危険にまったく気づいてない。今回はわたしの利にもなるから助けたけど、用心しなさい。宇宙間の境界をこえようとすれば、かならずひどい目にあうのよ。わたしはあなたたちの子守女じゃないからね」

ブルはなんとか言葉を探そうとした。いいたいことは山ほどある。だが、最初の言葉を口にする前に、若い女の姿は薄れはじめた。あっけにとられているうち、そのからだが透明になり、うしろのハッチが見えるようになる。一秒後、彼女は完全に消えてしまった。

ベネカー・ヴリングがシャベルのように大きな手を気まずそうに動かし、

「つまり、彼女は宇宙的勢力のひとりなんです」と、いった。「いまここにいたかと思うと、次の瞬間にはいなくなる」

ブルはエイレーネをそっとシートのクッションに寝かせると、階段を三段おりて司令室の床に立ち、ロボット整備スペシャリストのもとへ歩みよった。

「で、きみは?」と、訊く。「いいかげん、自分の正体を明らかにしてはどうだ? きみはだれもが驚くことをやりとげ、秘密めかした機器類の組み立てにいそしみ、あらゆる服務規程を一度ならず破った。本当ならとっくに拘束しておくべきだったかもしれない。だが、わたしは躊躇《ちゅうちょ》したのだ……ワンダラーからやってきた使者を懲戒対象にしていいものかと思って」

数秒間、不気味な沈黙が司令室を支配した。船内通信担当のコンソールでは数十カ所でランプが点滅している。だれもが混乱し、この半時間になにが起きたのか知りたくて、じりじりしながら応答を待っているのだ。だが、まだ待ってもらうしかあるまい。目下のところ、コントロール・ランプの点滅に注意を向ける者は皆無だから。

ベネカー・ヴリングはこうべを垂れた。口を開いたとき、その声は恥じ入っているように聞こえた。

「つまり、とっくに見ぬかれていたのですね。あなたのいうとおりです。わたしはペレグリンのいとこ。〝それ〟に派遣されてきました」

＊

「〝それ〟はタルカンに関するすべての出来ごとにとても興味を持っています」と、ベネカー・ヴリング。「理由はわかりません。わたしはワンダラーの不死存在の一具象にすぎず、知っているのは出発にあたって〝それ〟にいわれたことだけですから」

　時刻は十七時を過ぎ、船内活動は正常にもどりつつあった。《シマロン》は異宇宙に実体化したポジションから低速で遠ざかっている。司令室からはなれた談話室でベネカー・ヴリングの話を聞いているのは、レジナルド・ブルとエイレーネのほか、イアン・ロングウィンとラランド・ミシュコムだ。

「ひとつ〝それ〟にはっきりわかっていたのは」ヴリングはつづけた。「ストレンジネス障壁をこえるさい、あなたたちの予測よりずっと大きな危険がともなうことでした。ヒュプノトロンの投入は悲惨な結果につながりかねません。全員が完全な意識喪失におちいり、その状態が数カ月はつづいたでしょう。〝それ〟もそんなリスクは負わせたくなかった。ハウリ人が制御不能状態になった《シマロン》を拿捕《だほ》しにかかり、自分たちの好き勝手に動かすかもしれなから。これをなんとかしろと〝それ〟はわたしにいってきました。それにはスィ・キトゥを呼びださねばならない。〝それ〟は確信していたのです……エントロピーの母は、この件に関しては《シマロン》の側につくはずだと。

　わたしはできるかぎりのことをしました。プシオン性の機器類を用いて実験をくりかえし、秩序、すなわちエントロピーの減少しか存在しない仮想現実をつくりだして、スィ・キトゥの注意を引こうとした……彼女を怒らせてもいいと思って。というのも、エントロピーの母にとり、秩序正しい状態ほど不快なものはありませんから。ただいずれにせよ、わたしのやりかたではスィ・キトゥを呼びだすことはできなかった。それはエイレーネの役目だったのです。いったんスィ・キトゥがわれわれに気づけば、あとはかんたんでした」

「その仮想現実とやらは」レジナルド・ブルが思いついたように口をはさんだ。「わたしが幻影で見た、規則的な惑星にある規則的な都市のことか？」

「そうです」ベネカー・ヴリングはにんまりした。「あれはもちろん想定外でした。わたしの開発したプロジェクターとヒュプノトロンが干渉を起こしたせいで、あなたは仮想現実を見ることになった。その干渉から生じた運動力が、ついにはあなたをわたしのラボに飛ばしたのです」

「わたしが見た白昼夢もあなたのせいなの？」エイレーネが訊いた。

「いいえ、わが子よ」ベネカー・ヴリングはためらうことなく彼女をそう呼んだ。いきなり真剣な口調になり、「わたしはエイレーネの意識内で展開するものごとに、なにがあっても触れることはできないので」

　その言葉の意味を説明することはせず、ヴリングは話をつづけた。

「エイレーネはとうとう、自分がなにをすべきか知りました……おそらく、いま彼女がいった白昼夢によって。エイレーネの呼びかけでスィ・キトゥがあらわれたのです。スィ・キトゥがどうやって船に宇宙間の境界をこえさせたのかはわかりませんが、一種のハイパー指向性バリア・フィールドで《シマロン》をつつんだのはまちがいないでしょう。ヴィールス物質がタルカン遠征隊の船の周囲につくりだしたのと似たフィールドです。そのバリア・フィールドのせいで、船内のすべては一時的に作動停止しました。機器類だけでなく、要員たちもいきなり動けなくなってしまった。このフィールドがストレンジネス・ショックを吸収したおかげで、われわれはみな損傷なく元気にタルカンへ到達できたわけです。これで本来の任務を実行することができます」

　ベネカー・ヴリングが話を終えたあと、エイレーネが物問いたげな視線を送ってきたのにブルは気づいた。少女は首を振り、笑みを浮かべている。なにがいいたいのだろう。知りたかったが、黙ったままでいた。

　かわりに、ロボット整備スペシャリストのほうを向いてこう訊く。

「きみはこれからも、われわれとともにいるつもりか？」

「とりあえずは」と、ヴリング。

「いつまで？」

「さあ」かれはにやりと笑い、「おわかりでしょう。わが主人にして師にあたる存在の機嫌しだいなのですよ」

＊

エイレーネはようやく健康な食欲をとりもどした。次々と食べ物に手をのばす彼女のようすを見れば、よほど飢えていたのかと思う者もいるかもしれない。内心の不安はすっかり払拭され、どこかに致死的な危険が待ちかまえているのではないかという予感も消えている。こんなにエイレーネの機嫌がよかったことは久しくなかった。

NGZ四四八年一月十日の晩、レジナルド・ブルは例の〝グルメ・ディナー〟にゲストふたりを招待した。エイレーネとグッキーだ。三人ともおおいに食べ、おおいに飲んだ。グッキーも上等のワインには目がない。アルコールはイルトのメタボリズムにも、人類と同じような作用をもたらすのだ。

食卓の話題はスィ・キトゥのことにうつった。宇宙的出来ごとにおいて、彼女はいかなる役割をになっているのか？　スィ・キトゥは実際、コスモクラートやカオタークに比肩する地位にいるのか？

「ときどき自問してしまうよ」レジナルド・ブルは思いをめぐらせながらいった。「この手の上位存在について、頭を悩ませる価値がはたしてあるのかとね。あまりに異質でつかみどころがなく、どっちみち理解することはできない。だったらなぜ、こんなことにあれこれ考えをめぐらせるんだ？　なんの得にもならんのに」

　エイレーネは、暗闇から話しかけてきたしわがれ声のことを考えた。あの声の主はわたしを〝ちいさなコスモクラート〟と呼んだ。レジーのいうことは、かれの立場からすればそのとおりかもしれないけど、わたしにはあてはまらない。ベネカー・ヴリングのコメントによれば、わたしの意識内で展開するものごとは、かれに畏怖の念を起こさせるらしい……なにか、けっして触れることのできないような。

　だからこそ、と、エイレーネは思った。わたしはレジーのいう〝こんなこと〟に考えをめぐらせるしかないのだ。おのれの内にひそむ秘密を突きとめなければ。

　レジナルド・ブルが司令室にもどったときは、すでに真夜中近かった。持ち場で作業中のラランド・ミシュコムが親しげに挨拶してくる。ブルは楽しい食事とここ数日の進展に満足感をおぼえつつ、司令コンソールにあがってシントロンに呼びかけた。

「質問内容は承知しています」と、コンピュータ音声が応じる。「ポジティヴな結果が得られました」

コンソール上方のスクリーンで星々がズームアップされ、一枚の拡大映像があらわれた。密にならんだ恒星が三つ、うつしだされる。そのひとつは非常に明るく輝く青白い巨星だ。

「スペクトル型、B5Ⅱ」シントロンがつづけた。「この青色巨星近傍から、パルス化されたハイパー放射が出ています。シングイソ星系の施設周辺で観測された放射と同一のものです。ここがメエコラー・プロジェクトの第四段階を実行する操作・制御ステーションであることはまちがいないでしょう」

「よく見つけたな」ブルは褒めた。「距離は？」

「三百十五光年」

ララは振りかえってこの会話を追っていたが、ブルと目が合うと、こういった。

「耳をなでる夜風よりよきものは、空に浮かぶひとつの星」

「ひいひいじいさんの箴言《しんげん》か？」ブルはにやりとする。

「いいえ。もちろんわたしが自分で考えました」

ブルは笑みを浮かべながらシントロンに向きなおり、

「あの青色巨星にコースをとれ！」と、命令。「通常空間へは当座の状況を見たうえで復帰するように。なじみのない場所だ。慎重に行動しないとな」

「了解」シントロンが答える。数秒後、《シマロン》は加速を開始した。

六九三巻では、《ウリアン》と表記していましたが、〝ウリアン〟は船名ではなく宇宙ステーション名なので、今後は《 》なしの〝ウリアン〟表記とさせていただきます。（編集部）

あとがきにかえて

星谷 馨

ペリー・ローダン・シリーズ六九四巻をおとどけします。

今、仕事部屋の窓から望む爽やかな緑のもとでこの文章を書いている。木立（という名のジャングル）を吹き抜けてくる風も心地よい。ドイツには五月をテーマにした音楽や詩がたくさんある。森の国では新緑の季節がことのほか喜ばれるのだろう。

この時季、わたしは高校の同級生だったＹくんのことを思い出す。二年・三年と同じクラスで、おまけに家も近かったため、学校帰りのバスでよく一緒になり、話をした。とはいえ、お互いまったく好みのタイプじゃなかったので、けっして色恋沙汰ではない。それでも（だからこそ、というべきか）彼はわたしにとって、なんでも話せるかけがえのない男友達だった。

そんなＹくんにまつわる思い出話をここに書き留めておきたい。

*

高三になったばかりのある日、わたしとYくんはいつものようにバスを降りて家路を歩きながらくっちゃべっていた。ふたりとも国立文系志望クラスなので、話題は自然と進路のことになる。わたしは当時夢中になっていたボーイズラブ漫画の影響でドイツに憧れており、ドイツ語を勉強していつか漫画の舞台を訪ねるのが夢だった。今でいう聖地巡礼だ。

「Yくんはどうするの?」そう訊くと、彼は答えた。

「おれは小学校の先生だな。そして五十で校長になるんだ!」

「……へ?」

なんとまあ現実的な話。つまらん男だと、夢多き少女・十七歳は思った。一方、その年で進むべき道を明確に決め、地に足のついた将来を見据えているYくんがちょっぴりまぶしくもあったのだけど。

「じゃあさ、いつかわたしに子どもができたらYくんの小学校に入れるから、面倒みてやってよ。こっそりひいきしてね。約束だよ!」

Yくんはなにも言わず、ただ笑っていた。

やがて年が明け、入試本番の日々を迎えた。一浪くらいは当然という風潮があり、現役合格を本気でめざす生徒はあまり多くなかった。〝四年制〟と揶揄《やゆ》されていたわが母校。クラスメイトからは次々と〝討ち死に〟の報が入ってくる。話によれば、Yくんも私立受験はことごとく失敗したらしい。

そんなある時、なにげなくテレビを見ていたわたしは仰天した。ローカル番組で地元国立大教育学部の合格者速報が流れている。そのなかにYくんの名前を見つけたのだ。ここはたしか彼の第一志望校だったはず。さっそく本人に確かめようと家に電話すると、彼は予備校の入学手続に出かけたとお母さんがいうではないか。国立ははなから諦めて、発表も見に行っていないとのこと。

「えっと、でもあの、いまテレビ見たんですけど、〇〇大に受かってたような……」

「ええええ〜〜〜っっ！」

なにやら受話器の向こうが大騒ぎになる。家族全員が集まってきたようだ。

「ほ、ほんとですか？」「本当に受かってるんですか？」

「はあ、いや……たぶん……」

本当、なのだろうか？　見まちがいだったらどうしよう。わたしは一瞬ひやっとしたが、結果はたしかにめでたく合格だった。

というわけで、この日以来わたしの名前は吉報をもたらした幸運の女神として、Y家で語り継がれることになるのである。

さて、晴れて大学生となったクラスメイトも、高校四年に突入した予備校生たちも、ほとんどが東京での下宿暮らしだった。ケータイはおろかパソコンのメールもない時代。もちろん部屋に電話もないため、連絡手段はもっぱら手紙である。筆まめなYくんはよくわたしの下宿先に便りをくれた。卒業して念願の小学校教師になってからも、ときおり近況報告がとどいていたものだ。だけどそれから数年後、〈私たち結婚しました〉という写真入りの葉書が来たのを最後に、便りは途絶えた。

寂しがり屋のYくん。そういえば大学時代の手紙に、社会に出たらすぐ家庭を持ちたいと書いてあったっけ。お相手は職場の同僚だろう。

またひとつ夢を叶《かな》えたんだね。

わたしは葉書の写真に「おめでとう」とつぶやいた。

それから十五年近く経ったある日のこと。元クラスメイトからYくんの消息を聞いた。重い病で休職して入院中だという。今は症状も比較的落ち着いているそうなので、次の休みに有志でお見舞いに行こうと話をした。そんな矢先、容体が急変してしまう。再会かなわぬまま、Yくんは風薫る季節に帰らぬ人となった。

お葬式の日、遺族席に座る喪服姿の女性を見た。〈私たち結婚しました〉の葉書でウェディングドレスを着ていた人だ。

その横顔は悲しみに沈みながらも凛《りん》として、とても美しかった。

それからさらに数年後の春、わが愚息が小学校四年生になった。担任はなんとY先生。お葬式で見かけた、あの凛とした女性である。Yくんのはからいであろう。わたしとの約束をおぼえていてくれたのだ。

「ちゃんと息子の面倒をみてやるよ。ただし、ひいきはなしだぞ!」

空の彼方からそんな声が聞こえた気がした。

*

そして今年もまた新緑の季節がやってきた。わたしは今年もまたYくんの面影を胸に浮かべる。寂しがり屋の彼のことだ。「おれを絶対に忘れるな。毎年思い出せよ!」と言いたくて、一年のうちでいちばん気持ちのいい時季を選んで旅立ったんだろうな……きっと。

マザーコード

THE MOTHER CODE

キャロル・スタイヴァース

金子 浩訳

二〇四九年。アフガニスタンで使用されたバイオ兵器が暴走し、致死的病原体となって世界じゅうに広まった。人類滅亡を目前にして、遺伝子操作で病原体に免疫を持つ子供たちが作りだされ、〈マザー〉ロボットによる人類育成計画が発動するが……。破滅した世界での希望の子供たちを描く、近未来SFサスペンス！

ハヤカワ文庫

ビット・プレイヤー

Bit Players and Other Stories

グレッグ・イーガン
山岸 真編・訳

彼女は洞穴の中で目ざめた。外に見えるのは空、下から照りつけるのは日光。この奇妙な世界は何なのか？　未知の世界の有り様を考察する表題作、恒星間をデータとして旅する夫婦を描いた長篇『白熱光』と同一未来史の中篇「鰐乗り」など6篇を収録。ハードSFの雄イーガンの日本オリジナル短篇集。解説／牧眞司

ハヤカワ文庫

訳者略歴　東京外国語大学外国語学部ドイツ語学科卒，文筆家　訳書『パガル特務コマンド』エーヴェルス＆ダールトン，『秘密惑星チェオバド』フェルトホフ＆グリーゼ（以上早川書房刊）他多数

HM=Hayakawa Mystery
SF=Science Fiction
JA=Japanese Author
NV=Novel
NF=Nonfiction
FT=Fantasy

宇宙英雄ローダン・シリーズ〈694〉

タルカンへの急使《きゆうし》

〈SF2416〉

二〇二三年八月　十　日　印刷
二〇二三年八月十五日　発行

（定価はカバーに表示してあります）

著者　エルンスト・ヴルチェク
　　　クルト・マール
訳者　星《ほし》谷《や》馨《かおり》
発行者　早川浩
発行所　株式会社　早川書房
郵便番号　一〇一 - 〇〇四六
東京都千代田区神田多町二ノ二
電話　〇三 - 三二五二 - 三一一一
振替　〇〇一六〇 - 三 - 四七七九九
https://www.hayakawa-online.co.jp

乱丁・落丁本は小社制作部宛お送り下さい。
送料小社負担にてお取りかえいたします。

印刷・信毎書籍印刷株式会社　製本・株式会社明光社
Printed and bound in Japan
ISBN978-4-15-012416-8 C0197